P. Baccalario • E. Peduzzi

Pesci volanti

romanzo

FANUCCI EDITORE

Prima edizione: giugno 2007

via delle Fornaci, 66 – 00165 Roma
tel. 06.39366384 – fax 06.6382998
Indirizzo di posta elettronica: info@fanucci.it
Indirizzo internet: www.fanucci.it

Progetto grafico: Grafica Effe

P. Baccalario • E. Peduzzi

Pesci volanti

Mettila cosí: stavo annegando in un mare
nero e me ne sono accorto solo quando
ti ho trovato, per caso, in quella soffitta.
Ho spiccato un salto fuori. Ho aperto
gli occhi. E ho visto tutto chiaro
per la prima volta. Ma in volo
non riuscivo a respirare.
Sono un pesce. E respiro acqua.

Bassa marea

A pochi mesi di distanza dal tuo arrivo, ti scrivo dalla terrazza che tu conosci e da sotto i rami che il mandorlo, tu dici, 'porge alla casa'. Li ho drappeggiati con una luminaria gialla, come se fosse Natale. È settembre inoltrato.

Ho il tuo diario sulle ginocchia e sono seduto su una vecchia sdraio di legno con la fodera di stoffa a righe rosse e verdi. È sera, e mi diverto a leggerlo. Il mare è un'ipotesi nera al di là della linea degli alberi. Ho acceso le candele alla citronella per tenere lontane le zanzare e una delicata brezza marina fa danzare la fiamma al ritmo del suo spirare. Forse la brezza e le zanzare sono buone amiche. Altri insetti ronzano pacifici nel buio.

Ti domanderai, credo, che cosa ci faccio io qui. È semplice. Avevo bisogno di prendere le distanze dai disastri della mia vita. Cercavo un po' di pace e, tramite una banale agenzia, ho affittato questa casa. La stessa casa di cui parli tu, con le stesse stanze, lo stesso camino e l'angoliera blu.

Intendevo rifugiarmi qui per qualche settimana.

Non credo di doverti altre spiegazioni. O forse sí. Greta Schirsch: lo ammetto. Non ho resistito. Ieri, quando sono salito in soffitta (stavo cercando gli attrezzi per riparare la lampada del comodino), quando sono salito, ti dicevo, ho visto questo taccuino azzurro, segnato dalla lettera G sulla copertina. Era lí da solo, abbandonato, lasciato, dimenticato. Di proposito? Non lo so, ma mi piacerebbe chiedertelo. Probabilmente altre persone l'avrebbero ignorato. Ma io non ci sono riuscito. Mi sono dimenticato degli attrezzi e della lampada da riparare, e mi sono seduto fuori per sfogliarlo.

1

Il pesce rosso

È una giornata d'estate, di quell'estate che sarà ricordata come la piú torrida degli ultimi cinquant'anni. Sono a letto, la stanza immersa in una piacevole penombra segnata qua e là dalla luce filtrata dalle persiane accostate. L'iPod nano è meraviglioso.

E Nicola è stato carino a regalarmelo qualche giorno prima del mio compleanno. Voleva essere indimenticabile.

Continuo ad ascoltare all'impazzata *Solo lei mi dà* degli Sugarfree e lascio correre veloce la mia mente.

La scuola è finita e dovrei essere felice pensando alle vacanze. Invece non lo sono. La decisione dei miei di cambiare destinazione all'ultimo momento ha distrutto tutti i miei piani. Avevo già in mente la lettera che avrei scritto a Marco e avevo già cominciato a organizzare qualche serata con il solito gruppo della pineta. Ma niente! Non ci sarà proprio un bel niente! A parte Penny, naturalmente, che mi ha assicurato che 'le vacanze all'Elba sono un vero sballo!'

Certo, le vacanze! Ma io ho un disperato bisogno di un costume nuovo, magari con un bel pareo abbinato, dato che quello che la zia mi ha regalato l'anno scorso è finito in mare, per colpa di quell'esibizionista di Ale...

«Greta?»

Schiaccio pausa.

Ecco mia madre Piccarda che, come sempre, fa irruzione nella mia stanza, dimenticandosi di avere una mano per bussare, e comincia a parlare come una mitragliatrice impazzita. È una donna molto affascinante: ha grandi occhi verdi e bellissimi capelli rossi, che in questo momento spuntano ribelli da una pettinatura, conseguenza piú del caldo torrido che di un attento esame davanti allo specchio.

Mia madre è un'attrice.

«Greta?!» esclama. «Ti ho detto mille volte di non chiuderti in camera con quegli affari nelle orecchie! Devo uscire e ho bisogno che porti Gastone dalla nonna. Subito!»

«Ma mamma! La nonna non sopporta gli animali! Lo sai.»

«Non abbiamo altra scelta. Stasera c'è lo spettacolo e devo correre in teatro per le prove, subito!»

Chissà perché, il terminare ogni frase con 'subito' sembra tranquillizzarla sull'efficienza con cui eseguirò il suo ordine.

«Ma non possono andare Tommy o Alice?» provo a protestare.

Si ette le mani sui fianchi. Forse mi sono spinta troppo in là.

«Insomma! Greta! Sai perfettamente che Alice il sabato ha lezione di nuoto alle tre, inglese alle cinque, e che Tommy invece...»

«Va bene, va bene!» capitolo. «Vado!»

Ogni volta la stessa storia: Greta qui, Greta lí. Avrebbero dovuto chiamarmi Grata, per tutte le cose che faccio. Chi me l'ha fatto fare di nascere primogenita?

Non dirlo a me. Io non ho fratelli, né sorelle: sono figlio unico e dicono che i figli unici siano specializzati nei sensi di colpa.

Facciamo le cose malvolentieri, ma le facciamo, perché abbiamo la sensazione che, altrimenti, il mondo andrà a rotoli. È un mondo molto limitato, che i nostri genitori hanno costruito intorno a noi come l'unico possibile. Credimi: sii contenta dei tuoi fratelli!

Il nostro pesciolino Gastone è ignaro di essere motivo di tanto chiasso e nuota felice nella sua vasca rettangolare. Lo guardo: trasportare un pesce non è poi cosí semplice. Bisogna munirsi di un retino e, sperando che lui sia d'accordo, trasferirlo dal suo acquario a una bacinella. Per fortuna, in un armadio di casa abbiamo tenuto tutto l'armamentario del nonno, provetto pescatore. Ne tiro fuori un portapesci di latta e un retino infallibile e mi do da fare per travasarlo.

«Povero Gastone! Ti aspetta una brutta vacanza!»

Mentre lui sbatacchia offeso nella nuova vasca di latta, infilo le mie Adidas nere e rosa, esco di casa e mi dirigo verso casa dei nonni tagliando in due il caldo del pomeriggio. Infilo di nuovo le cuffiette dell'iPod nelle orecchie e faccio appena in tempo a lanciare gli Sugarfree quando vedo accendersi la vibrazione del cellulare.

È Penelope.

La mia amica alla moda.

«Ciao Penny! Dammi buone notizie, altrimenti mi sparo: hai trovato la scuola di sub? Sí! Fantastico! E viene anche la tua amica Camilla? No che non la conosco. Ma giurami che è piú simpatica di quella snob di Lavinia.»

Rido. Penelope è arrivata al mare da qualche giorno e prova ad aggiornarmi sulle ultime novità. E la pensa esattamente come me, su certe cose.

«Cosa? Hai già un appuntamento con Daniele? È quello... carino, vero? Magari non è piú cosí interessante. Sai che in un anno le cose cambiano... No, io non ho nessuna novità. Figurati se ci riesco! Fa un caldo fotonico. Sto portando Gastone dalla nonna. Nicola? Passa a prendermi alle nove. Sí, viene in moto. Mi ha parlato di un gelato sui colli. E comunque... aiuto!!! Devo lasciarti! Questa roba perde acqua da tutte le parti e se va avanti cosí rischio di arrivare dalla nonna con un pesce lesso. Ti chiamo dopo!»

«Forza piccolino, siamo quasi arrivati. Tieni duro ancora un po'.» Faccio assistenza morale al povero Gastone.

Per fortuna i nonni non abitano troppo distanti da casa nostra. Sono davanti al portone d'ingresso, con Gastone moribondo e un'unica domanda che mi martella in testa: 'Sarà sopravvissuto a questo viaggio disastroso?!?'

La nonna risponde al citofono e mi apre. Salgo le scale piú veloce che posso, saltando anche tre gradini alla volta. Sono quasi le otto e ho meno di un'ora per prepararmi all'incontro con Nicola. La porta del loro appartamento è spalancata e il nonno mi sta aspettando bonario sulla soglia: entro, lo abbraccio e, senza troppe spiegazioni, gli affido il povero Gastone.

«Eccolo qui, come d'accordo. La nonna sa già tutto. Mettilo subito in acqua perché... è un pesce. Mi sono dimenticata di portarti il mangime, ma non preoccuparti. Lui mangia di tutto. Scusa se non ho tempo di spiegarti, devo scappare!»

«Ma... Greta?!» cerca di trattenermi il nonno. Io sono già sulla porta pronta per lanciarmi giú dalle scale.

«Scusa, ma sono proprio di fretta. Ci vediamo al ritornooo!!!» gli rispondo dal secondo piano.

Torno a casa completamente sudata e con un vago odore di pesce sulle mani. Perfetto! Non c'è nulla di meglio per far colpo su un ragazzo! Mi spoglio disseminando vestiti sul pavimento della mia stanza e mi precipito sotto la doccia dove do fondo a tutto il flacone di doccia-schiuma ai profumi d'oriente di mamma.

È per una causa piú che giusta, mi ripeto, asciugandomi energicamente. E con la stessa convinzione passo alla fase due della mia preparazione: una buona dose della sua crema levigante anti-età.

Un po' di prevenzione non guasta mai!

Nel tempo record di quindici minuti sono pronta ad affrontare il momento critico della giornata: la scelta del vestito. L'armadio si trasforma in una stanza degli specchi: quale sarà quello giusto? La temperatura esterna sconsiglia ogni scelta eccessivamente prudente. Il pensiero degli sguardi di Nicola, d'altra parte, mi fa accantonare quelle troppo velleitarie. Devo pensare a un abbinamento che non copra piú di un terzo del corpo, ma che lo copra. Scelgo i pantaloncini bianchi a vita bassa e la maglietta a righe bianca e nera, quella con le spalle nude. Uno schianto.

Espadrillas o sandali alla schiava? Danzo davanti allo specchio fino a quando non vincono i sandali. Mi piange il cuore al pensiero di quelle espadrillas abbandonate sul pavimento.

Erano nuove fiammanti, e io difficilmente resisto alla tentazione di indossare subito gli ultimi acquisti!

Ultimo passaggio in bagno. Lascio i capelli sciolti. È la prima estate che riesco ad averli cosí lunghi e non voglio rinunciare all'occasione di sfoggiarli in tutto il loro splendore.

Cerco la trousse dei trucchi, ritocco qualcosa qua e là e contemplo ammirata il risultato finale. Niente male. Davvero niente male. Il tocco finale è il lucidalabbra Kristal al frutto della passione: una vera goduria. Ha un profumo assolutamente delizioso.

Afferro la mia borsa nera di stoffa con il grande cuore rosso che ci ho cucito sopra l'anno scorso, mi precipito in corridoio e mi chiudo alle spalle il caos che ho lasciato in camera.

Sono felice.

Domani parto e non ho ancora preparato la valigia! Sarà un'altra vita, senza mamma che ogni tre secondi mi ripete tutto quello che devo fare, e mi ricorda quanto sono disordinata e ritardataria...

E, a proposito di ritardatari, Nicola non è ancora arrivato. Guardo l'orologio e noto che ha ben dieci minuti di ritardo. Iniziamo molto male.

Faccio un rapido dietro front e torno in camera a recuperare l'iPod. Poi mi abbandono sul divano piú comodo della sala, lancio *Solo lei mi dà* e do libero sfogo ai pensieri. Sento di galleggiare sulla superficie della mia vita, pescando qua e là dal fondo, senza mai tuffarmi. Forse non ho ancora trovato nulla per cui valga realmente la pena farlo. O forse ho solo bisogno di essere trascinata da una corrente che non mi lasci altra scelta.

Per ora, sogno a occhi aperti.

2
Il gambero

Il suono del campanello mi fa sobbalzare. A questo punto rimarrei volentieri a casa con una mega pizza e un film, padrona della mia serata, ma non posso tirarmi indietro. Schiaccio pausa e infilo l'iPod in borsa. Senza rispondere al citofono, mi chiudo solennemente la porta alle spalle e scendo le scale senza fretta, nella speranza che prima dell'ultimo gradino mi sia passata la voglia di mangiarlo vivo.

Nella penombra del cortile mi stampo un bel sorriso sulla faccia e finalmente apro il portone. Lui è davvero splendido, in pantaloni bianchi e camicia azzurro chiaro, due occhi verde smeraldo in quel bel viso liscio e abbronzato. Si avvicina e mi dà un bacino sulla guancia: profuma d'estate.

«Scusa il ritardo. Ho fatto l'errore di prestare la moto a mio fratello, che non si decideva a rientrare. Sei bellissima, Greta!» imbastisce abilmente Nicola, senza quasi prendere fiato.

«La puntualità è una questione di rispetto» rispondo asciutta io. «Possiamo andare.»

«Certo, certo. Questo è per te» balbetta imbarazzato, porgendomi un casco.

Non ho mai avuto un orologio in ventisei anni e non capisco il reale significato delle frasi tipo 'la puntualità è una questione di rispetto'. Semmai, il tempo è una questione di improvvisazione. E l'improvvisazione è vita. Bisogna creare una storia valida per ogni minuto di ritardo. Cosa vorresti di piú da Nicola? Ti ha regalato un iPod nano, non un CD. *Ti porta fuori in moto. È vestito come il protagonista di un telefilm americano. Sembra cosí perfetto. Forse troppo? Forse hai paura che la perfezione, dopotutto, sia noiosa?*

La moto di Nicola è il regalo dei suoi genitori per la maturità: cento spaccato.

È semplicemente fantastica. Adoro la sensazione di libertà che si prova sul sellino di una moto in corsa. È come se la velocità portasse via con sé tutti i pesi che rimangono ancorati a terra, mentre tu corri via inebriandoti di colori e profumi che colpiscono i tuoi sensi come migliaia di fotografie.

Naturalmente non gli dico nulla di tutto questo, lasciando che mi pensi ancora seccata con lui. Montiamo in sella, allacciamo il casco e partiamo verso i colli, alla ricerca di un po' di sollievo dal caldo cittadino.

Mi stringo alla vita sottile di Nicola per non cadere, sento il calore della sua pelle sotto la camicia fresca di bucato e riacquisto la serenità.

Dopo un'ora di curve, accelerate e sorpassi scattanti, ci fermiamo di fronte a una gelateria assalita da mille altre persone. Ci armiamo di pazienza e ci mettiamo in coda anche noi. Sul cellulare trovo un sms di Penny:

> Ciao Greta, spero ke la tua serata sia ok. Io sono con Daniele, quello figo :) e altri amici. Nn vedo l'ora ke tu sia qui!
> XXX Penny

* * *

Ancora un giorno, penso, e sarò lí anch'io.

Nicola mi sorride.

Penny è una delle mie migliori amiche, ma per certe cose è molto diversa da me. Lei si diverte solo quando esce e accetta tutti – o quasi – gli inviti dei ragazzi che la chiamano, anche se in realtà non le interessano davvero. Io, invece, continuo a credere che prima o poi arriverà il ragazzo giusto.

Ecco il problema: è un'attesa infinita!

Nicola è molto carino e piacevole, è attento e gentile, ma, non so, gli manca quell'essere 'unico per me'. Comunque anche gli amici sono importanti, anzi: fondamentali.

«Greta? Greta?!» La voce di Nicola mi riporta alla realtà. Incredibile ma vero siamo arrivati davanti al bancone e posso finalmente scegliere i gusti del mio gelato.

Il gelataio mi guarda rassegnato in attesa della mia decisione. Scelgo la coppetta, che preferisco di gran lunga al cono, perché so sempre a cosa vado incontro, mentre le cialde presentano troppi imprevisti: possono essere simili al cartone, al chewingum, o alla carta pesta. Insomma, un vero terno al lotto. Inoltre, con la coppetta puoi scegliere il colore di cucchiaino che preferisci e sei quasi sicura di non sporcarti di gelato fino al gomito.

Ordino decisa i mie tre gusti preferiti: «Nocciola, cioccolato e riso, grazie.»

«Un cono: malaga e puffo!» esclama soddisfatto Nicola.

Malaga e puffo?, penso inorridita, abbinamento radioattivo!

«Vuoi assaggiarlo?» offre lui, una volta usciti dalla calca.

«No, grazie, sono allergica al turchese...» cerco di cavarmela, senza offendere troppo la sua sensibilità cartoonesca.

Lui ridacchia. «Sei davvero divertente, Greta. Ed è una cosa rara in una ragazza. E poi ti piacciono le moto, e conosci persino la differenza tra un mono e un bicilindrico. È pura fantascienza!» mi corteggia lui.

Accetto il complimento. Assaggio la nocciola (fantastica) e replico: «Le moto sono solo una passione che mi ha trasmesso mio padre.»

Pausa. Cioccolato e riso. E poi il resto: «Fin da piccola mi portava sul sellino posteriore della sua Guzzi rossa fiammante, che faceva un rumore simile a un trattore impazzito. All'epoca mi sembrava di sfrecciare a mille all'ora e, superato lo spavento mortale di quando l'accendeva in garage, mi divertivo tantissimo.»

Mi piace ripensare agli anni in cui abitavamo in campagna.

«E non ti porta piú, adesso?» si informa Nicola.

«L'ha venduta anni fa» spiego con un pizzico di nostalgia. «Ora ne ha altre, ma non hanno piú il fascino rumoroso della vecchia Guzzi.»

«Non ti preoccupare» mi rassicura lui, accorgendosene. «Se vorrai, faremo splendide gite insieme.»

«Grazie, Nicola» rispondo laconica.

Non mi escono altre parole e lascio cadere il discorso. Ce ne restiamo zitti a finire i nostri gelati e poi, quando lui ha quasi terminato di sminuzzare il suo cono, propongo: «Cosa ne diresti di accompagnarmi a casa? Domani parto e devo ancora finire di preparare la valigia.»

Il mio grande sorriso significa *non hai alcuna possibilità di rifiutare*. Ma non è una scusa. Devo ancora cominciare a pensare che cosa infilare nella borsa. E non ho nemmeno deciso che libri leggere questa estate. La zia ne ha regalato a mamma uno che si intitola *Anime alla deriva,* scritto da un ragazzo poco piú che ventenne. È una storia d'amore passionale e romantica. Potrei prenderglielo in prestito e abbinarci un bel fumetto.

«Greta? Tutto bene?» mi chiede premuroso Nicola. «Sei ancora qui?»

Lo guardo fisso nei suoi begli occhioni verdi.

«Sí, scusa, certo che sono qui. Partiamo?»

* * *

Il romanzo è un'ottima scelta. E anche farti accompagnare a casa. Sei completamente persa nei tuoi pensieri, e hai speso piú parole a descrivere il gelato di quante ne hai usate per Nicola. Qualcosa significherà. O mi sbaglio?

Saliamo nuovamente in moto e ripartiamo, direzione centro. Nicola sceglie di ripercorrere la stessa strada dell'andata e questo mi fa di nuovo venire in mente mio padre. Lui dice sempre che non si dovrebbe mai tornare a casa dalla stessa strada dell'andata. Quando si viaggia, si devono fare dei cerchi. Altrimenti si viaggia come i gamberi, che fanno un pezzo avanti e uno indietro.

Ma è bello comunque. L'aria fresca della sera è molto piacevole sul viso e, anche se ho dimenticato di raccogliere i capelli che ormai si saranno annodati in una rete difficilmente districabile, mi sento in pace con il mondo.

Davanti al portone di casa mi sfilo il casco e lo restituisco a Nicola.

«Grazie per il giro e per il gelato.»

«Il K2 è sempre la migliore gelateria di Bologna e dintorni.»

«Specialmente la malaga.»

Sorrido. «Ci sentiamo al rientro dalle vacanze. Tu quando parti?»

«Sabato prossimo. Sono a Viareggio.»

«Allora credo che ci vedremo a settembre.»

«Però non siamo troppo distanti. Magari ti posso chiamare in questi mesi, se ti fa piacere» e mentre lo dice si avvicina pericolosamente.

Abbozzo. «Ehm, sí, ma certo, mi fa sempre piacere sentire un caro amico.»

È un colpo basso, lo ammetto, ma almeno cosí lui si ferma, accenna un sorriso un po' amaro e mi da due bacini sulle guance.

«Mi aggrapperò al *caro* sperando in un futuro migliore» conclude sarcastico. «'Notte.»

«Buonanotte, Nicola» lo saluto, e mi rifugio nel buio dell'ingresso, mentre il portone si chiude come una corazza alle mie spalle, lasciando fuori lui e la sua moto.

Spero di aver copiato bene quest'ultima frase, perché è cancellata. Il portone che si chiude come una 'corazza', non una 'carezza'. È casa tua. Non farti baciare se non vuoi baciare tu.

3

Le balene

Cara Greta, sono sicuro che mi perdonerai. Arrivati a questo punto della storia, mi rendo conto che non posso proseguire senza confidarti ciò che finora ti ho nascosto. Non ho semplicemente ricopiato il tuo diario, come all'inizio mi ero ripromesso di fare, ma, lentamente, a poco a poco, ho fatto mie le tue giornate dando loro la veste di un romanzo. Il vento delle tue parole ha soffiato forte. E la fiamma del mio essere scrittore è rinata da braci che credevo spente. Ho voglia di scrivere! E, se me lo permetti, scriverò di te.

Il suono della sveglia mi getta nel marasma primordiale della casa al momento di una partenza.

Mamma corre come una pazza dando ordini anche alle pareti, che insolenti osano frapporsi fra una valigia e un armadio.

Mia sorella Alice ha un sorriso calmo, degno del piú anziano e saggio monaco del Tibet. Aspetta silenziosa che alle otto e trenta precise compaiano la sua amica Agata e i genitori per andare in aeroporto. Se ne sta a osservare il nostro viavai operoso dall'alto della sua enorme valigia, preparata con cura nelle settimane precedenti, senza tralasciare nemmeno una delle voci riportate sulla lunga lista stilata con puntigliosità maniacale.

Tommy, il suo gemello, è come sempre perso nella sua musica, e si fa pregare per fare ogni cosa, fingendo di non capire. Papà ha una pazienza infinita e, come un faro, raduna tutti in cucina. È lui che ogni mattina prepara le colazioni: la frutta con il caffè americano per mamma, le uova con il bacon per Alice (dice di doversi allenare alle english breakfast), il pane, burro e marmellata con una tazza gigante di latte e Nesquik per Tommy e infine i cereali e un bel cappuccino per me. In condizioni normali io, nel mio piccolo, lascio cadere qualche alga nella boccia di Gastone e concludo cosí la lunga catena alimentare delle nostre normali mattinate.

Ma da oggi Gastone è in cattività dalla nonna, e papà allinea stoicamente tazze e tazzine schivando valige e borse che arrivano da ogni recesso della casa.

Intorno a lui un turbinio di voci che si susseguono e sovrappongono all'infinito, alla disperata ricerca di una risposta risolutiva.

Sembra di essere al mercato. E non mancano le trattative.

«Se tu riempi il mio zaino con le cose che sono sul tavolo, quando torniamo vado io a prendere Gastone dai nonni» propone Tommy ad Alice.

«E perché, scusa?! Chi ha stabilito che devo andarci io? Se vuoi posso preparare il tuo zaino e andare a prendere Gastone per 5 euro» ribatte mia sorella, che nell'ultimo anno ha sviluppato un particolare interesse per i soldi, e ha cominciato a monetizzare qualunque azione all'unico scopo – a detta sua – di risparmiare a sufficienza per assicurarsi un futuro sereno. Dove o da chi abbia imparato i princípi base del sistema previdenziale non saprei dirlo, fatto sta che si dice abbia già messo da parte un bel gruzzoletto, di cui nessuno in famiglia conosce l'esatto ammontare.

«Ci sto!» risponde soddisfatto Tommy, la cui ingenuità, unita a una innata pigrizia, gli annebbia la mente al punto da convincerlo persino di aver concluso un buon affare.

Dopo un'ora di preparativi frenetici, la flotta di valige della famiglia Schirsch è finalmente allineata di fronte alla porta d'ingresso. E noi, come marinai diligenti, secondo l'ordine prestabilito in base alle relative destinazioni, leviamo gli ormeggi, con una profusione di baci e abbracci degna dei passeggeri in partenza sul Titanic.

Famiglia Schirsch. Mi verrebbe voglia di cercarla sull'elenco del telefono di Bologna, se solo ne avessi uno. Non è un cognome italiano. Che cosa sei, Greta: olandese? Austriaca? Tedesca?

Papà, Tommy e io saliamo in macchina e ci dirigiamo puntuali verso casa dei miei nonni materni, con cui andremo al mare. I nonni sono una coppia molto singolare: lui, piccolo piccolo e sempre sorridente, è la persona piú serena e tranquilla del mondo. Lei, al contrario, è impetuosa e testarda: da buona pittrice, è dotata della tipica pazzia dei creativi. L'ultima parola è sempre la sua.

La nonna è il passeggero piú temibile che si possa trasportare in macchina e riesce a intaccare persino la granitica pazienza di mio padre. Il suo calendario delle partenze possibili è defraudato di gran parte dei giorni. Dovendo escludere il martedí, il venerdí, il 13 e il 17 che 'portano male', il sabato perché è troppo caotico, il lunedí perché i camion riprendono a circolare (e probabilmente nella sua mente fantasiosa si devono rifare del precedente giorno di riposo con ogni tipo di prodezze al volante), rimangono il mercoledí, il giovedí e la domenica, che è stato eletto quale giorno d'oro per la totale assenza di tir sul circuito autostradale. Non importa se viene poi scelta da mezza Italia per la stessa ragione, fattore che innalza il rischio incidente al livello degli altri giorni: lei è tranquilla cosí.

E cosí sia. Anche questa volta siamo partiti di domenica.

Una volta che è salita a bordo e che il motore è avviato, scatta quasi immediatamente la lotta finestrino-su-finestrino-giú. Papà non ama molto l'aria climatizzata, cosí, finché siamo ancora in città, abbassa i finestrini e si gode il vento tiepido del mattino. Ma con la nonna questo è impossibile. Pare che la leggera brezza proveniente dalla fessura del mio finestrino abbia la straordinaria capacità di creare un vortice d'aria che si riversa sul suo collo con potenza inaudita, impedendole poi di muoversi per giorni e giorni.

«Il colpo della strega! Tira su quel finestrino! Vuoi che mi ammali?» urla al minimo soffio d'aria.

E io obbedisco per il quieto vivere.

Tra un 'Stai attento a quello!' e un 'Ah, ah, vai piano Kristofer, per l'amor del cielo!' procediamo verso Firenze sulla trafficatissima Autostrada del Sole.

Io li ignoro: ascolto musica e viaggio veloce con *Stop! Dimentica,* di Tiziano Ferro.

Viaggiare veloci con una canzone che si intitola Stop! *non è male, come idea. Ma poco fa sono riuscito a sentirla alla radio. Il ritornello dice: 'Questo silenzio non vale neanche una parola, né una sola e quindi, Stop! Dimentica perché tutto il resto andrà da sé...'*

Già, andrà da sé...

E intanto arriva un sms di Penny:

Ciao G, qui è da sballo! T ho organizzato 1 sorpresa x il tuo arrivo. Sbrigati! P.s. C'è anche Alberto :)))

A cui rispondo:

Ti lascio un giorno e ti ritrovo con già due appuntamenti! Chi è Alberto?

E Penny:

Quello strafi della 3A ke è uscito l'anno scorso. Fa economia! E devi sentirlo parlare di bilanci...

La facilità con cui Penny si invaghisce anche di una sola caratteristica di un ragazzo è davvero incredibile. Riuscirebbe a trovare interessante anche una serata a parlare de 'La diarrea dei vitelli', se incontrasse un allevatore di suo gradimento.

E poi mi ricordo di Alberto: un tale pallone gonfiato che non mi stupirei di vederlo prendere il volo un giorno o l'altro!

Dopo due ore di viaggio, raggiungiamo il porto di Piombino e ci accodiamo sul molo in attesa del traghetto che ci porterà all'Elba, questa bizzarra isola dalla forma di pesce. Non ne sono per niente entusiasta.

La casa che abbiamo affittato si trova piú o meno all'altezza dell'ipotetico occhio, e almeno questo mi sembra un buon punto di partenza.

«Sempre meglio della pinna caudale» commenta papà, quando glielo faccio notare.

Al sentire nominare la pinna caudale, Tommy esce per un istante dal suo mondo ed esclama, enciclopedico: «Nei pesci la pinna caudale determina l'equilibrio e quindi la capacità di nuotare dritto.»

«Ti ricordi di Ralph?» insiste mio padre.

Tommy no, è troppo piccolo, ma io sí. Il valoroso Ralph era stato il nostro primo pesciolino rosso. Dopo aver eliminato in feroci duelli Adamo e Ciccio (un pesce tropicale grassottello e pacifico, durato solo poche settimane), si era dovuto arrendere a una brutta infezione proprio alla pinna caudale, che l'aveva costretto a nuotare tutto sghembo, con stile piú simile a quello di una sirena che a un pesce rosso che si rispetti.

L'episodio è comunque servito a destare Tommy dal suo torpore svagato.

«Greta? Mi presti l'iPod?» mi chiede. E già sento una punta di disperazione nella sua voce.

«No. Non adesso!» ribatto, nella speranza che desista.

«Ma Greta! Il mio è scarico e io... non posso stare senza musica. Lo sai!»

«Non mi interessa.»

«Papa-à» cantilena immediatamente lui, che sa come ottenere le cose per la via piú semplice.

«Greta, tu sei la maggiore e devi essere ragionevole. Presta l'iPod a tuo fratello, per favore.»

«Ragionevole un tubo! Tocca sempre a me cedere tutto. Tra un po' comincerà a chiedermi anche i lucidalabbra!» Tuttavia capitolo e gli consegno il mio l'iPod: «Ma perché non sei andato a studiare il bielorusso in qualche steppa dell'est?»

Invece lui, da quando la mamma l'ha portato una volta alle prove di teatro, si è appassionato alla danza e vive in simbiosi con l'iPod.

Lui traffica un po' con il mio e poi sbotta: «Hey, ma che roba ascolti?»

Un istante prima che lo strozzi, il mio telefono suona.

È Nicola. Di già?!

La nonna si volta per guardarmi, con aria indagatrice.

Me ne infischio e rispondo.

«Ciao, no, figurati, non mi disturbi. Sto aspettando il traghetto. Grazie, sei gentile...»

E anche un po' appiccicoso, faccio capire al nonno con un gesto delle mani.

«Sí, anch'io ho passato una bella serata... Ehm, sí, volentieri, ci vediamo...»

Decisamente *troppo* appiccicoso.

«Non lo so: sarà un periodo fittissimo tra la ripresa degli allenamenti e le lezioni di violino. Comunque possiamo provare... Scusa, sai, ma devo proprio lasciarti perché è arrivato il traghetto e dobbiamo imbarcarci. Buone vacanze! Scusa, non ti sento piú, c'è la sirena. Baciiii.»

Chiudo la conversazione e mi ritrovo a fissare la nonna, che sorride maliziosa. «E da quando in qua prendi lezioni di *violino*, Greta?»

Mentre entriamo nella nave come nella pancia di una balena, cancello definitivamente Nicola dalla lista dei POSSIBILI. Mi imbarazza frequentare ragazzi che non corrispondo, perché avverto una perenne sensazione di squilibrio, di attesa disattesa.

E io penso alle attese, a quanto a volte emozionino piú di ciò che si attende. Il tempo si dilata e prende la forma del sogno. Quale sarà mai il tuo?

Le ruote dell'automobile rimbombano sul ferro. I garage dei traghetti mi hanno sempre affascinato, con quei ponti bianchi sopraelevati che si snodano e si adagiano sul pavimento come pesanti lingue metalliche. Una volta saliti sopra ci sollevano in alto, vicino al soffitto altrimenti inarrivabile, mentre noi restiamo a bordo della nostra macchina. Solo alla fine possiamo lasciarla. Scavalchiamo la soglia altissima della porta che si apre sulle scale. Al secondo piano attraversiamo il salone passeggeri e facciamo base vicino alle uscite sul ponte esterno.

Fin da bambina, a quanto raccontano i miei genitori, avevo deciso che il mio posto sulla nave era il ponte, possibilmente a poppa.

Oggi nulla è cambiato e cosí mi dirigo all'esterno, dove il vento si impadronisce dei capelli, regalando in cambio i segreti di mille luoghi sfiorati al suo passaggio. È il posto migliore per pensare, o se si preferisce, per non pensare affatto. Ed è questo, il mio desiderio: non pensare agli amici che non vedrò, a Marco con cui forse sarebbe potuto ricominciare qualcosa, alla nostra splendida casetta gialla e al mio scoglio del Bounty, il piú bello e il piú grande di tutta la Liguria.

Quest'anno il vento è cambiato. E con lui anche la vacanza. L'isola d'Elba. L'isola a forma di pesce. Sospiro. Il traghetto lascia la terraferma.

Mi iscriverò al corso di sub. E chissà che il mondo sottomarino non mi riservi qualche sorpresa.

A volte si dovrebbe poter fermare il tempo, per capire se si vuole realmente scendere oltre la superficie delle cose. Non tutto ciò che sta sul fondo merita di essere scoperto. Non tutte le sorprese sono belle.

La prima immagine dell'Elba è verde. E la seconda è un mare che sembra non abbia nulla da invidiare a quello ligure. È mare. Mare!

Il mio umore migliora lievemente mentre attraversiamo un paesino delizioso di casette rosa sulla costa, ma crolla di colpo quando imbocchiamo una strada sterrata che termina in una specie di parcheggio. Senza una parola, papà esce dalla macchina e comincia a scaricare i bagagli.

«Ma la casa dov'è?» chiedo insospettita dalla totale assenza di centri abitati visibili.

Siamo ancora tutti immersi nella polvere sollevata dalla macchina.

«Dietro questa collina. Bisogna fare un tratto a piedi» mi spiega papà con estrema naturalezza.

«Un tratto a piedi... in che senso?» domando un po' piú preoccupata.

«Vedi quel sentiero?» e mi indica un sentierino che serpeggia tra le rocce affiancato da qualche cespuglio. «Lo percorriamo per un chilometro e siamo arrivati!» afferma soddisfatto.

Un chilometro?

«E le valigie? Non possiamo certo portarcele a spalla!» obietto sull'orlo della disperazione.

«Certo che no, Greta. Tra poco arriverà un signore con un cavallo...»

«Un cavallo?!» lo interrompo, precipitando infine dall'orlo di cui parlavo prima.

«Non c'è altro modo di trasportarle, a parte la barca, naturalmente. Ma oggi il mare grosso lo sconsigliava.»

Papà appoggia per terra una valigia ignorando gli strilli di 'no, si sporca tutta!' della nonna e conclude: «Prepara le tue cose e aiuta la nonna lungo la strada.»

Il suo tono esclude qualsiasi ulteriore lamentela da parte mia.

Perfetto!

Mi sconvolgono le vacanze per portarmi in un posto dove non c'è nemmeno una strada e dove devo affidare la mia valigia nuova color verde menta alla groppa di un cavallo sudato e puzzolente.

Davvero perfetto!

Sí, Greta. Per certe parole e per certi momenti che descrivi è davvero perfetto. Divertenti i tuoi imprevisti, cosí piccoli alla luce del poi. Non te lo dico da scrittore. Sto solo copiando le tue parole. Te lo dico da ragazzo. Sento che potremmo andar d'accordo su molte cose. Anche se non ho le valigie color verde menta.

4

L'ostrica

Il sentiero è tortuoso e a tratti molto stretto. I profumi della macchia mediterranea sono forti e inebrianti: mentuccia, pino, finocchietto selvatico, terra scaldata dal sole. Procediamo in fila indiana: Tommy, la nonna e io come retroguardia. Avanziamo incuriositi dall'insolita situazione. Papà e il nonno sono rimasti al parcheggio per definire le modalità del 'trasporto', se cosí possiamo dire, con Gigi il cavallaro.

Il cavallaro annuisce e di tanto in tanto bestemmia, sprizzando accento toscano tra le guance rosse paonazze. Ha una maglietta bucata che puzza di sudore e vecchi pantaloni blu, stretti alla vita da una cintura di cuoio vecchio dieci taglie piú grande; ai piedi ha grossi scarponi neri.

Solo quando l'accordo sul prezzo è siglato, afferra il suo inseparabile fiaschetto di vino dalla sella della sua cavalla e ne tracanna una buona metà.

Ho conosciuto Gigi pochi giorni fa. Era vestito allo stesso modo, e incattivito con il calcio e con i francesi, che per sua fortuna, però, sembra non si facciano piú vedere in questi paraggi. Mi ha portato a vedere una scritta sul muro: 'Prima Napoleo-

ne, ora Materazzi' e ne ha riso per tutta la sera. Ma era un riso amaro, per certi versi terribile. In paese mi hanno detto che si è incupito da quando è morta la cavalla di cui parli. Si chiamava Nerina. Era la sua unica compagnia, e Gigi se la portava ovunque, anche a fare il bagno sulla spiaggia. È successo alla fine di agosto e lui ha cercato di far finta di niente o di scherzarci su. All'albergo c'era una famiglia di villeggianti veneti e Gigi è andato dal cuoco a dire: 'Con tutti questi mangiacavalli, ci risparmio il funerale!'

Dopo la salita e un lungo tratto pianeggiante, il sentiero scende bruscamente, costellato di pietre e pietroni che rendono piuttosto difficile camminarci, soprattutto per la nonna, che ogni due passi si ferma per un rumore.

«Fermi tutti! Avete sentito? Dietro quel cespuglio, credo sia una vipera!» esclama allarmata.

«Ma nonna! È solo una lucertola. E poi le vipere sono animali notturni. Trascorrono la maggior parte del giorno tra le rocce ed escono quando fa buio per cacciare» spiega Tommy con professionalità da esperto documentarista.

Io lo guardo ammirata. Da quando lo zio gli ha regalato l'abbonamento al *National Geographic*, subiamo tutti la sua fase 'istruttiva'. Ogni inizio del mese Tommy comincia a vagare da una stanza all'altra con la rivista aperta, dispensando al malcapitato di turno informazioni dettagliate sulla vita allo stato brado del casuario australiano o sull'alimentazione delle pulci d'acqua. Il tutto prosegue per circa due settimane, il tempo di esaurire gli articoli del nuovo numero, quindi si apre una tregua che serve anche al nostro mini-professore per metabolizzare l'immensa mole di parole e cifre che ha assorbito.

E si ricomincia da capo con il numero successivo.

Di tanto in tanto capita anche a me di sfogliarli, soprattutto quando provo a immaginare cosa farò dopo il liceo. Mi piacciono gli articoli che trattano i fenomeni naturali e la geomorfologia terrestre e odio tutto ciò che ha a che fare con i numeri.

«Te l'ho già detto come si chiamava prima di sposarsi la mia professoressa di matematica?» domando di punto in bianco alla nonna.

«No, cara. Come si chiama?»

«Vera Lumaca.»

«Greta!»

«Ma è vero! E questo già te la dice lunga su quanto le volessero bene i suoi genitori, per affibbiarle un nome del genere.»

La nonna sbuffa, evidentemente stanca. «Non oso pensare cosa si sentisse dire durante le lezioni di educazione fisica!»

«Ma non è finita» insisto. «Il passo decisivo l'ha compiuto lei stessa sposando il dottor Vincenzo Vacca.»

Mia nonna impiega qualche secondo di troppo a collegare i nomi e, quando lo fa, scoppia in una risata che non riesce a trattenere.

La nonna è splendida quando ride.

La spingo per il sentiero prima che mi crolli addosso e rido con lei.

Credo che chiunque, al posto della mia prof, avrebbe cercato di minimizzare i danni mantenendo il proprio cognome da nubile, ma lei ha preferito diventare la professoressa Vera Vacca, rendendoci fin troppo semplice citarla sulle pareti dei bagni.

Superate le asperità della discesa da scalatori provetti, raggiungiamo una specie di radura fresca e ombrosa, attraversata alla nostra destra da un torrentello. Ne approfittiamo per bere un sorso d'acqua e riflettere sul fatto che quella vacanza si prospetta ancora piú impegnativa del previsto.

«Che figo! Dovremo fare questo sentiero ogni volta che vogliamo andare da qualche parte!» osserva invece Tommy, che già si sente un piccolo esploratore.

«Sarà meglio che vostro nonno mi procuri un bastone con cui possa battere le pietre e difendermi dagli animali selvatici» ribadisce la nonna, che probabilmente crede di trovarsi nel bush australiano.

«Non c'è solo questo sentiero» specifico.

«Ah no?»

«Papà dice che c'è anche una barca. Credo che faccia servizio dalla spiaggia al porto del paese» aggiungo.

«Per carità! Piuttosto faccio tutta la strada scalza. Il mare può giocare brutti scherzi. E all'improvviso!»

Sospiro, ben conoscendo il proverbiale catastrofismo della nonna. Lei non ha mai imparato a nuotare a causa della sua fobia dell'acqua e la superficie corporea massima che le ho visto immergere comprende piedi e caviglie, perché oltre, si sa, il rischio di annegamento è troppo elevato!

Oltre il torrentello il cammino si fa di nuovo pianeggiante e ci regala un paesaggio molto piacevole. Sul lato sinistro fiancheggiamo un muretto di pietra dal quale spuntano fiorellini e ciuffetti d'erba, mentre sul destro il terreno scende bruscamente, cosparso degli aghi di grandi pini marittimi, attraverso i quali si intravede il blu intenso, striato di schiuma bianca, del mare che si infrange sulla scogliera.

Poco piú avanti, sulla sinistra, comincia a profilarsi il tetto e poi la struttura in muratura rosa della nostra casa. Mano a mano che ci avviciniamo vediamo il grande balcone che si apre su un lato, delimitato da una ringhiera in ferro leggermente bombata, dipinta di verde come le persiane. Dall'altro lato, invece, una piccola finestrella a oblò si affaccia sulla tettoia di canniccio posta a copertura dell'ampia terrazza del pianoterra. Una meravigliosa buganvillea si arrampica sul muro dell'angolo rivolto a noi e sembra darci il benvenuto con la sua esplosione di fiori fucsia.

Noi, senza parole, saliamo i pochi gradini che ci dividono dal vialetto di pietra che circonda la casa e conduce poi, attraverso un'altra rampa di scale, ai campi e ai vitigni che tappezzano i versanti della collina.

Lasciamo Tommy a osservare le varietà di api, vespe, calabroni e cervi volanti che popolano la buganvillea, ed entriamo dalla porta d'ingresso per sbirciare all'interno. La prima stanza è grande, con un bel camino centrale attorno al quale si può camminare come intorno a una quercia secolare. Le pareti bianche e il cotto per terra conferiscono all'ambiente un'atmosfera molto marinara, rallegrata dalla luce che entra dalla grande porta finestra. Vicino alla sala c'è una cucina, anch'essa molto grande: c'è un alto lavello incassato nella muratura. Ci sono allegre piastrelle bianche a motivi arancione e un sistema di tendine blu che coprono mensole con ogni genere di pentolame. E come dispensa c'è una meravigliosa angoliera di legno laccato di blu.

Passo accanto al tavolo rettangolare e alle sedie blu e provo ad aprire la porta finestra che dà sulla terrazza. È in cotto, circondata da una staccionata di tronchi d'albero sorretti da altrettanti piloncini e protetta da un magnifico mandorlo che porge i suoi rami alla casa. Si apre sul mare. Solo mare. Una distesa su cui far scorrere lo sguardo fino a riempirsi del suo colore azzurro. Un orizzonte dritto, interrotto solo da qualche vela qua e là.

Mi sento battere forte il cuore. Forse questa vacanza non sarà cosí terribile.

Questa casa è il mio rifugio, lo scrigno che aprendosi ha portato alla luce il tesoro dei tuoi pensieri. Li leggo e sorrido. Sono leggeri e delicati. Sono quello di cui avevo bisogno.

Sono perle.

«Greta, vieni ad aiutarmi! Sono arrivati nonno e papà con i bagagli!» mi richiama all'ordine la nonna.

«Arrivoooo!»

La raggiungo ai piedi della scalinata.

Papà e nonno hanno già cominciato a portare dentro alcune valigie, in attesa che Gigi il cavallaro finisca il secondo giro.

Io prendo la mia amata verde menta e ne controllo lo stato. A parte un po' di polvere e un forte odore di selvatico, sembra in buone condizioni.

Sto per entrare nella stanza al piano terreno quando vedo lo zaino di Tommy appoggiato sul letto: un chiaro segno di possesso. Lui, voltato di spalle, è quasi fagocitato dal grande armadio rivestito di stoffa verde che sta ispezionando.

«Stai pure qui» gli dico. «Tanto avevo scelto di dormire al piano di sopra. Comunque fai attenzione: sei il piú vicino alla porta d'ingresso, non si sa mai... Dicono che la zona sia popolata da grossi cinghiali!»

Le mie intenzioni erano di provare a mettergli paura, ma lui niente. Come parlare a un muro.

«Tommy? Hai capito cos'ho detto?» insisto.

Mio fratello si volta: ha un bel sorriso e le cuffiette dell'iPod, del mio iPod, nelle orecchie.

Fiato sprecato.

Mi avvio alla scaletta di legno scuro che sale al piano di sopra. È molto ripida e mi devo reggere bene al corrimano, perché la valigia mi sbilancia a ogni gradino.

Non ho la minima idea di cosa aspettarmi, ma qualcosa mi dice che il panorama di quell'oblò sia unico. Raggiunta la cima della scala mi guardo subito intorno. Oltre alla porta che conduce al terrazzo ci sono un bagno e una stanza subito a sinistra, mentre sulla destra alcuni gradini portano a uno spazio sopraelevato, non molto grande, sulla cui parete di fondo si apre proprio la mia finestrina ovale. Mi avvicino e guardo fuori: il mare da qui sembra ancora piú sconfinato, il blu invade con prepotenza il campo visivo, sommergendo tutto il resto.

Che voglia di tuffarmi!

Ho trovato la mia camera. E la mia finestra.

Lancio la valigia sul letto ed esco a esplorare il terrazzo. Si sente improvvisamente il richiamo di una cicala, che sembra attizzare il caldo. La fodera di stoffa a righe rosse e verdi di una vecchia sdraio di legno sbatacchia al vento, mentre una sfilata di piante grasse, verdi e carnose, ricoperte di spine di tutte le dimensioni e colori, si erge tronfia sul muretto lí accanto.

Vedendole, mi viene in mente un gruppo di brontolose amiche di mezz'età.

5

La seppia

Chiamo Penelope per salutarla.

«Ciao Penny, sono arrivata. Sí, qui è molto bello, cavallo a parte! Ma per fortuna sono riuscita a salvare la mia valigia nuova. Quella verde, te l'ho mostrata. Vorrei andare in spiaggia a farmi una nuotata. Tu ci sei? Ci vediamo lí? ...Va bene, come ti raggiungo? Okay. A tra poco, allora. Baci.»

Apro la valigia ed estraggo costume, pantaloncini, canottierina e telo. Poi appendo anche qualche vestito nel mio nuovo armadio di stoffa, tanto per avere per la sera qualcosa che non sembri uscito dal frullatore. Infine faccio entrare telo e *Anime alla deriva* nella mia borsa da mare Sundek rosa a fiori fucsia che mi ha regalato Marco e, assalita da un'improvvisa melanconia, mi preparo ad affogare i dispiaceri nel mare.

Scendo la scala a marcia indietro stando attenta a dove metto i piedi, con la consapevolezza che, prima di partire, sarò in grado di percorrerla a occhi chiusi, e faccio irruzione nella camera di mio fratello.

«Tommy! Hai tre secondi per ridarmi l'iPod e uno è già passato» gli ordino imperiosa.

«Ma dove vai?» mi domanda lui.

«In spiaggia! Vuoi venire?»

Preferirei andare da sola, perché quando sono con lui devo stare attenta a quello che fa e divento automaticamente responsabile anche del suo respiro. Ma è mio fratello. E dopotutto lo adoro.

«Sí, fantastico!» accetta lui, entusiasta.

Sospiro. E io che avrei solo voglia di rilassarmi!

«Va bene, ma per favore cerca di stare tranquillo e di non bersagliare le persone che conosceremo con il tuo Quark-show» metto le mani avanti.

«Non faccio mai il Quark-show. E comunque ho tredici anni, cosa credi? Non mi sentirai nemmeno.»

Rinuncio a rispondergli e mi avvio verso il sentiero.

Il fatto che non ci siano automobili conferisce a questo posto un'atmosfera antica e quasi immobile. Ho letto che le chiamano vacanze alternative, e che sono di gran moda.

Per raggiungere la spiaggia proseguiamo per un breve tratto il sentiero da cui siamo arrivati e alla biforcazione prendiamo a destra. Serpeggiamo tra grossi sassi e cespugli arrabbiati, costeggiando il fianco della collina.

«Ci siamo persi» decide Tommy, dopo alcuni minuti di discesa immersi nel verde.

Ma dopo un'ampia curva vediamo finalmente la piccola cala che ospita la spiaggia. Una distesa grigia di sassi e sabbia, che si conclude dal lato opposto con una rastrelliera di scogli di vari colori e un fitto canneto.

«Wow!» dice Tommy, che credo già si immagini perduto in quella selva di stoppia.

Sei una ragazza singolare, Greta, tu che descrivi anche un filo d'erba con dovizia di particolari e poi liquidi in poche battute questa spiaggia paradisiaca. O, forse, avverti la crepa che vena lo specchio al quale ora concedi di riflettere le tue fantasie?

La spiaggia sembra abbastanza affollata, ma riconosco Penny dal suo sfavillante telo da mare nero e fucsia, regalo del suo pretendente numero uno, Joachim, un tedesco che studia medicina a Bologna. Quando me l'aveva presentato mi era sembrato la versione giovane del Dottor Stranamore di Kubrick, con una folta chioma di capelli biondi e ribelli che diceva di tagliare di rado, per non interrompere il flusso della concentrazione. Al confronto, il canneto là in fondo è poco piú di una radura.

Non appena facciamo un altro paio di passi verso la spiaggia, Penny si volta verso di noi.

«Greta, siamo qui!» mi saluta, richiamando la mia attenzione. Come un radar di ultima generazione, ama aver sempre sotto controllo i movimenti di tutti. Almeno quanto collezionare spasimanti piú o meno intimi, che costituiscono un'inesauribile fonte di chiacchiere per lei e per tutte le sue amiche.

Non è una ragazza superficiale, piuttosto credo che non abbia ancora definito con precisione i canoni del proprio benessere. Per cui vaga alla ricerca di qualcosa che la impressioni in qualche modo e questo, quasi sempre, significa stringere nuove amicizie.

Spesso a dir poco stravaganti.

Però! Ho una certezza e un dubbio: la certezza è che quest'anno il fucsia è il colore di tendenza; il dubbio è che i ragazzi della vostra vita vi siano sfilati accanto come marche di oggetti: l'iPod di Nicola, la borsa di Marco, il telo di Joachim. È questo che siamo per voi a sedici anni? Noi che per farvi quei regali aspettiamo che papà entri in bagno per 'rubargli' cinquanta euro dal portafoglio? Noi che con i nostri amici non ammetteremmo mai di averli fatti e di averli scelti perdendoci un casino di tempo, imbarazzati come siamo dal dover raccontare a quanto poco siano serviti? E dato che ci siamo, lo sapete perché ve li facciamo? No. Macché bacio. Vi facciamo regali per cercare di colmare la sensazione di essere indietro rispetto a qualcosa che voi invece sembrate già conoscere perfettamente. E non so dire cosa sia. È qualcosa che a sedici anni esiste. E basta. A questo serve il regalo giusto, perché solo il vostro sorriso ci dà il coraggio necessario a saltare nel vuoto e a cercare di scoprire se quel qualcosa è davvero cosí imperdibile come dicono.

L'ultimo tratto del sentiero fiancheggia i capanni del rimessaggio barche e poi si confonde con i primi sassi, tondi e levigati.

«Greta!»

«Ciao, Penny. Alla fine ce l'ho fatta» la saluto, ansiosa di sfogarmi con lei e di sapere perché non mi abbia mai nemmeno accennato alle condizioni eremitiche di questo posto.

Va bene dover prendere un traghetto. Va bene doversi fare mezz'ora di strada a piedi ogni volta che si vuole andare da qualche parte. Vanno bene anche il cavallo puzzolente e il sentierino scosceso per scendere in spiaggia. Ma, forse, tutte queste caratteristiche concentrate nello stesso posto cominciano a diventare insopportabili.

«Sono cosí contenta che tu sia qui! Ciao, Tommy!» Penny tenta l'approccio dei due bacini sulla guancia anche con mio fratello, che li subisce senza alcun interesse evidente.

I suoi occhi sono tutti per gli scogli e per la selva di cannicci alla fine della spiaggia. Si volta verso di me per avere una specie di permesso e poi si precipita verso il mare.

«Stai attento a non farti male. Io sto qui in spiaggia» gli grido.

Nessuna risposta, ma so che ha sentito.

Mi volto di nuovo verso Penny. Lei mi fa strada verso il suo gruppetto di amici.

«Questi sono due amici che, come me, vengono in vacanza qui da quando sono piccoli» mi sussurra Penny, come se quel fattore fosse di un'importanza fondamentale. E forse, dato il mio tentativo di sfogo precedente, lo è.

«Lei è Camilla e abita nella casa proprio sopra la mia.»

Una ragazza esce dalla protezione dell'ombrellone, mostrando il suo corpo filiforme coperto da una pelle talmente chiara da essere quasi trasparente, chiazzata dagli arrossamenti di recenti scottature.

«Ciao, Greta. Benarrivata» mi saluta con un sorriso dolce e aperto.

«Felice di conoscerti.»

«E lui è Daniele» prosegue Penny con il dovuto cambio di voce.

Le descrizioni telefoniche di Penny gli rendono piena giustizia: è bellissimo. Non so se mi colpiscono di piú il fisico scolpito (direi da ore di palestra), la sua massa di capelli castani ondulati oppure i suoi occhi di un colore indefinibile, a metà tra il blu del mare profondo e il cobalto.

«Ciao, Greta. Ho sentito molto parlare di te.»

Mmm. Diffido sempre delle persone melliflue ancor prima di conoscerle e decido di metterlo subito in riga: «Ciao... Daniele, vero? Scusa, ma sono un vero disastro con i nomi.»

Penny mi lancia un'occhiata di approvazione e mi domanda: «Che ne dici di un bagno?»

«Sarebbe magnifico. Dopo quattro ore di viaggio e soprattutto dopo quel dannato sentiero, è quello che mi ci vuole.»

Per non parlare, vorrei aggiungere, dell'aspetto cavallo. Ma, nel dubbio che Gigi possa essere un loro parente, preferisco tacere. Anche perché non mi va di sembrare quella che ama solo le cose comode. Non sono cosí, solo che, per quelle scomode, ho bisogno di una certa preparazione psicologica.

In costume!

Mi sfilo pantaloncini e canottina e mi dirigo senza ulteriori indugi verso il mare.

È davvero simile a quello della Liguria.

Dopo tre passi ce l'ho già alla vita. Almeno questo funziona. Detesto dover camminare per chilometri prima di raggiungere il metro di profondità necessario a poter nuotare.

Mi tuffo e, finalmente, posso sospendere tutte le mie attività cerebrali. Faccio solo qualche metro sott'acqua, quando sento qualcosa afferrarmi la caviglia. È una mano. Riemergo con la testa, e indovina un po'?

Daniele.

«Ciao pesciolino. Ti ho spaventato?» se ne esce con una delle classiche frasi da maschio stupido che crede di piacere solo perché è stupendo.

«Pesciolina. Sai, ci tengo.»

«Sei anche spiritosa, oltre che molto carina.»

«Ebbene sí. Sono nata in un giorno di offerte speciali» ribatto sarcastica.

«Touché. Ti piace qui?»

«Oddio, credo di sí. Forse non me l'aspettavo cosí selvaggio.»

«Non ti piacciono le cose selvagge?»

«Ho detto solo che non me lo aspettavo selvaggio, non che non amo le cose selvagge» puntualizzo, con un grande sorriso stampato sulla faccia, che significa: ignoro completamente il tuo doppio senso.

«Ti va di vedere lo scoglio dei tuffi? Non è lontano» mi propone.

Mi volto verso la riva per cercare Penny, ma vedo che non si è ancora decisa a tuffarsi.

Accetto quindi l'invito di Daniele.

Nuotiamo per non piú di cinque minuti e ci fermiamo vicino alla scogliera, nel punto in cui sembra piú accessibile. Daniele sale per primo e poi mi tende una mano. L'afferro e mi tiro su. Ci arrampichiamo per qualche metro fino a raggiungere una piccola sporgenza liscia, quasi un trampolino proteso sul blu.

«Mi tuffo io, cosí ti mostro il punto piú profondo» dice.

«Va bene.»

Il cuore mi batte forte per nuotata. E lo scoglio è un posto davvero meraviglioso.

Daniele spicca il volo ed esegue alla perfezione un tuffo carpiato semplice.

Sono colpita.

«Bravo!» gli urlo quando lo vedo riemergere. «Adesso tocca a me.»

Mi spingo sulla sporgenza fin quando i miei piedi me lo consentono. Poi guardo giú. Trovarsi sull'orlo del vuoto è una sensazione meravigliosa, anche se sono solo pochi metri.

Un attimo prima di saltare mi tornano alla mente i ricordi della Nuova Zelanda, di quando mi sono lanciata, sotto lo sguardo impietrito di mamma, da un ponte oscillante di centodue metri. Un elastico ai piedi e, sotto di me, un torrente verde smeraldo che serpeggiava nel suo canyon di roccia rossa.

Mi butto.

E mentre sono in volo mi prende quella morsa allo stomaco che scompare non appena tocco l'acqua con le mani e, poi, con la testa. Scendo dritta come una candela e poi risalgo del tutto soddisfatta. E felice.

«Non male, pesciolina» si complimenta Daniele.

«Grazie, e comunque Greta può andare bene» lo correggo sperando che la smetta presto con il suo ridicolo nomignolo.

Ripetiamo qualche serie di tuffi prima di decidere, stremati, di tornare alla spiaggia.

Ed è solo in quel momento che penso a Tommy.

«Oddio, mio fratello!» esclamo. «Me ne sono completamente dimenticata!»

In preda a un terribile senso di colpa comincio a nuotare piú veloce verso la riva, lasciando indietro la mia guida da scogli.

Poi, per fortuna, vedo Tommy seduto tranquillamente sotto l'ombrellone, intento a illustrare a Penny le caratteristiche di un osso di seppia che ha trovato sulla spiaggia. È bianco e levigato. Sembra un microbulino.

Sorrido.

Aspetto che Daniele mi raggiunga e mi godo le ultime bracciate del tramonto.

Microbulino? È davvero raro che una ragazzina della tua età sappia che cosa è un microbulino. È una lama di selce a forma di scalpello che gli uomini del Paleolitico utilizzavano come coltello. E gli ossi di seppia... gli ossi di seppia sono condannati ai versi di Montale. Non domandarci la formula che mondi possa aprirti / sí qualche storta sillaba e secca come un ramo. / Codesto solo oggi possiamo dirti, / ciò che non *siamo, ciò che* non *vogliamo. Forse, è piú allegro il microbulino.*

6

Il colombre

Corro su un prato sconfinato, ho il fiato corto ma voglio raggiungere la sommità della collina. Lungo la salita inontro qualche albero con le chiome ondeggianti al vento. È una giornata splendida che volge ormai alla fine, il mio cuore è sereno, la mia mente e mio il corpo liberi di correre. Dove non so.

Poi all'improvviso una goccia mi bagna una mano. Due, tre... Non proviene dal cielo. È solo il fronte di una gigantesca onda che lenta e inesorabile avanza verso di me. Prigionieri dell'acqua e trascinati da tanta potenza ci sono persone, case, un cane, mobili... non li ho mai visti prima, ma hanno qualcosa di famigliare.

Rimango immobile, incerta sul da farsi. L'ansia si impadronisce totalmente della mia mente e del mio corpo, come un brivido ghiacciato che si sostituisce al sangue e scorre ovunque.

L'onda copre il sole e di colpo cala il buio. Un buio strano, quasi paralizzante. Non sento rumori, non sento odori, non sento nulla.

Comincio a sudare, ma non mi muovo. Poi le gambe vacillano, la testa si fa pesante e ho solo il tempo di pensare che presto sarò travolta...

«No!» grido in preda al panico.

Mi ci vogliono alcuni secondi per capire che era solo un brutto sogno. Mi ritrovo dall'altra parte del letto, con la testa al posto dei piedi e le lenzuola completamente sradicate da sotto il materasso e avvolte intorno alle gambe.

Cerco di riprendermi e di rilassare la mente, ma non si è trattato di un incubo come tutti gli altri: sembrava cosí vero...

Il solo copiare questo sogno mi ha stravolto. Era come se lo stessi facendo io. C'è una strana sintonia, ma a volte anche le sintonie distruggono. Passo e chiudo. Riprenderò domani.

Decido di non pensarci piú: oggi è il fatidico giorno in cui mi iscriverò al corso di sub. Finalmente! Un sogno che diventa realtà. Quest'anno mamma e papà mi hanno dato il permesso. E io ho subito approfittato di qualche conoscenza di Penny – che non mi ha voluto dire quale – per cercare un diving da queste parti.

Mi alzo e scelgo cosa indossare. Opto per il costume rosso fuoco, modello Ursula Andress, il pareo rosso e bianco e la canottina bianca di Sangallo che lego sotto il seno.

Pazienza se non ho ancora la pancia abbronzata!

In cucina la nonna sta già preparando il pranzo. Che nausea, a quest'ora. Prendo la mia colazione e decido di consumarla fuori, sul tavolino della terrazza. Il nonno è sulla sdraio, solleva lo sguardo dal suo libro e mi sorride.

È come sempre allegro. «Buongiorno Greta, come hai dormito?» mi chiede vedendomi forse piú stanca di quanto dovrei essere.

«Cosí cosí» rispondo. Non ho voglia di raccontargli il mio incubo. Vorrei solo cancellarlo dalla mia mente.

«È sempre cosí dopo un lungo viaggio. Stanotte andrà meglio. Oggi è il gran giorno?» Il nonno sa sempre dire la cosa giusta al momento giusto.

Annuisco. «Ho appuntamento con Penny e i suoi genitori tra mezz'ora in spiaggia. Andiamo in paese con il loro gommone.»

«Anche Penelope farà il corso?»

«No, non ci pensa proprio. Ma i suoi genitori dovevano andare in paese e si sono offerti di accompagnare me e Camilla. Penny viene solo per farsi un giro.»

«E chi è Camilla? Un'amica di Penelope?» domanda il nonno, che è veramente interessato alle cose che dico. Non come mamma, a cui devo ripetere le cose mille volte!

«È una ragazza un po' strana, ma sembra simpatica» gli rispondo. E intanto spero che il corso con lei vada bene. «Tu cosa leggi?»

Mi mostra la copertina del librone. *Paesaggio e memoria*, è un saggio sulla formazione e il significato del paesaggio in tutte le sue varietà. È un po' impegnativo, ma molto interessante. Basta leggere un capitolo alla volta, come fosse un libro a sé stante.

Il nonno è una delle persone piú intelligenti e colte che conosca. Traduce dal greco e dal latino senza usare il vocabolario e ricorda a memoria, con sorprendente precisione, date e fatti storici di tutte le epoche.

Se penso, poi, che alla maturità si ritrovò a tradurre una versione dal greco al latino senza il vocabolario italiano-latino, perché nessuno l'aveva avvertito di portarlo, mi sembra quasi di avere un nonno di un altro pianeta.

Al suo posto mi sarei ritirata!

Finisco i miei Kellog's special K, saluto tutti e mi avvio lungo il sentiero.

Che posto singolare è questo. Con la luce del giorno osservo i dettagli con maggiore attenzione. Il sentiero che porta alla spiaggia è quasi un solco nella vegetazione rigogliosa e selvaggia, che profuma d'estate e di sole. Prima della discesa mi accompagna sul lato sinistro una folta siepe di rosmarino ancora in parte fiorito. Ne prenderò un mazzetto al ritorno per invitare papà a organizzare una bella grigliata. So che gli farà piacere, perché è imbattibile nel cucinare la carne alla brace. Per il resto, meglio non chiedergli niente. L'unica volta che fu costretto a cucinare per me e i gemelli una semplice pasta al burro (la mamma era in tournée in Sicilia), decise di mettere il burro direttamente nell'acqua di cottura! Il risultato fu una pasta del tutto scondita e insipida, scolata da un'acqua densa e oleosa. Disgustosa solo alla vista.

«Greta! Fermati!» Una voce mi chiama da dietro.

È Tommy.

Si avvicina alternando corsa a passi di danza e sventola qualcosa nella mano destra. È il mio cellulare. Brava Greta, cominci bene!

«Hai dimenticato il telefonino» spiega mio fratello quando mi raggiunge, per nulla affaticato dopo la corsa.

«Grazie, Tommy. Non so dove ho la testa stamattina.»

«Già sott'acqua, credo» mi prende in giro.

«Hai ragione. A volte è piú semplice stare sotto, sai?» gli sorrido.

Non capisco perché l'ho detto.

Lui, per fortuna, non ne sembra turbato, e ricambia il sorriso rivolgendomi uno sguardo dolce e comprensivo, che mi scalda e mi ridà un po' di serenità. È bello quando Tommy accetta di tornare dal suo mondo di musica e passi di danza, perché, quando lo fa, anche solo per pochi istanti, la sua presenza è totale.

È un convintissimo aspirante ballerino, anche se il suo approccio alla danza è stato del tutto casuale. Capitò una volta a teatro con la mamma. Sul palco stava provando Samuel Martin, un ballerino americano diventato famoso con la sua compagnia di piccoli ballerini. Tommy rimase catturato da musica e da movimenti e, sebbene ancora troppo acerbo per decidere che quello sarebbe stato il suo futuro, fu abbastanza maturo da capire che quella era la sua passione. E nessuno è riuscito a fargli cambiare idea, anzi, è stato lui a convincere papà che i voti appena sufficienti non erano poi questa gran tragedia.

In fondo, non si può avere tutto nella vita. E una grande passione è già molto.

«Ora devo andare. Grazie del telefono.» Sfioro la spalla di Tommy con una carezza e proseguo verso la spiaggia.

Dopo qualche minuto mi suona il cellulare. Non mi sono mai piaciute le suonerie preimpostate, né tanto meno quelle che si possono scaricare da internet, cosí ne ho composta una io, che ovviamente è la piú esclusiva, dato che sono l'unica a possederla!

«Ciao, mamma, dov'eri finita? Abbiamo provato a chiamarti ieri sera, ma non eri raggiungibile... Davvero? Che bello! È andata bene quindi? Addirittura sul *Messaggero*? Oggi allora lo compro. Sí, sto andando a iscrivermi al corso di sub... Con Penny, i suoi genitori e una sua amica... È un posto particolare, selvaggio, non direi pieno di vita, non è certo come la Liguria... No, non mi sto lamentando, solo che io non l'avrei scelto. Va bene, riferisco a papà. In bocca al lupo per domani sera!» Chiudo la telefonata un tantino seccata.

Mia madre è cosí: non c'è mai e pretende di controllare tutti noi. Lei se ne va in giro per il mondo e fa la predica a me sul fatto che devo essere contenta di trascorrere le vacanze su quest'isola. Ma se non l'ha mai nemmeno vista!

Tra una considerazione e l'altra raggiungo la spiaggia, dove trovo Camilla che aspetta.

Sola.

Penelope è come sempre in ritardo. Credo che ormai sia diventata una forma di protagonismo sfrenato. Arriva per ultima per suscitare il senso di attesa, non rendendosi conto che piú che altro suscita un'irritazione generale che a volte sfiora il desiderio di non aspettarla affatto.

«Ciao.»

«Ciao.»

«È molto che aspetti?» domando con una punta di rimprovero nei confronti della mia amica.

«Un po'. Ma era scesa in anticipo per fare un bagno prima che il sole diventasse troppo forte» e, mentre parla, osservo la sua pelle cosí chiara e delicata, che lascia trasparire le vene di un color glicine. Sembra una fata piombata sulla terra per sbaglio da un mondo fantastico.

«Penny non è mai puntuale. Potrei fare un tuffo anch'io... Ma sí, mi fai compagnia?»

«Perché no?»

Entriamo in acqua e nuotiamo affiancate per una decina di metri. Poi ritorniamo verso riva chiacchierando come vecchie amiche.

«Come mai hai deciso di iscriverti al corso?» le domando.

Camilla arrossisce leggermente. «Per via della campana di vetro.»

«Scusa?» domando io, ripensando alla fata piombata sulla terra.

«Vedi... fin da piccola i miei genitori mi hanno fatto vivere come sotto una campana di vetro. Cloro, salsedine e sole sarebbero stati una vera rovina per la mia pelle. Cosí mi hanno sempre tenuta lontana dall'acqua. L'unico bagno che mi era concesso fare era dentro la vasca. Un incubo, te lo assicuro!»

«Ci credo.»

«Come vedi, però, da qualche anno mi sono ribellata, e ho deciso che, seppure con le giuste precauzioni, avrei nuotato. Poi ho conosciuto un ragazzo...» Camilla abbassa gli occhi e il rosso delle guance si fa piú acceso «...appassionato di immersioni subacquee e mi sono detta, perché no? Forse è il modo migliore per stare in acqua senza rischi» conclude.

«Quindi questo ragazzo ti ha... cambiato la vita?»

Camilla alza di nuovo lo sguardo. «Be', sí. È fantastico.»

Le sorrido comprensiva. «È una fortuna incontrare persone cosí. Una grande fortuna...»

Vorrei capire il motivo del suo imbarazzo, ma preferisco lasciar cadere il discorso per non innescare una catena di domande a cui non avrei voglia di rispondere.

* * *

Come ti capisco, Greta! Anche io rifuggivo l'insistenza della gente nel domandarmi perché, come e quando era finita. E poiché in questo preciso istante è decisamente finita, rifuggo anche solo l'idea che qualcuno possa domandarmi: 'Ehi, come va?'. Perché non va. Punto. E non ho nessuna intenzione di farla andare. Se non fosse per il tuo diario, sarei tristemente seduto a guardare qualcosa – il mare, una barca, un albero – cercando di trovare un aspetto interessante, vivo. Cercando di risvegliare la mia proverbiale curiosità, che credo di aver messo sottoterra. Dovrei dirti che il tuo dolore per Marco è davvero un dolore da poco, confrontato ad altri ben piú definitivi, ma il dolore è tale per chi lo prova, non per quello che è. Non c'è nulla di piú privato del dolore. E non sono d'accordo che sia bello condividerlo. È bello non provarlo. È bella la sua assenza. È. Bello. Non. Soffrire.

«Ecco Penny!» esclamo vedendo arrivare la mia amica modaiola avvolta in un prendisole coloratissimo, con una fascia turchese intorno alla testa e una borsa di paglia arancione stretta nella mano sinistra.

«Ciao, ragazze! Scusate il ritardo, ma non riuscivo a trovare le mie nuove espadrillas turchesi. A un certo punto ho pensato addirittura di averle dimenticate a Bologna. Sarebbe stato un disastro!»

Camilla e io ci rivolgiamo uno sguardo incredulo.

«Direi che i disastri sono altri» commenta Camilla.

«Vuoi scherzare?» ribatte lei, che in queste cose somiglia in tutto alla nonna, una stilista francese diventata famosa per le sue 705 paia di scarpe.

«Tanto noi dobbiamo metterci le pinne» insiste Camilla, con un'occhiata divertita.

Comincia a piacermi questa sua genuina semplicità. E poi mi sembra una persona sincera.

«Buongiorno ragazze. Siete pronte?» ci saluta il padre di Penny, comparendo dal sentiero come un gigantesco

Bobtail. «Vado a recuperare il gommone, mentre aspettiamo mia moglie.»

I genitori di Penny sono una coppia assurda: lui, cicciottello e peloso come una scimmia, è padrone di una delle piú importanti tipografie di Bologna; lei, invece, androgina e indecifrabile, è una giornalista e fa l'inviata di guerra in posti che è pericoloso persino nominare.

«Certo, signor Rogelio! Quando vuole» rispondo allegra.

Il signor Rogelio si guarda alle spalle. «E chi sarebbe questo signore che vuole partire con noi?» È la solita frase che mi dice per 'suggerirmi' di dargli del tu.

Mi arrendo, cercando di non scoppiare a ridere. «Ehm, certo, Pino, quando vuoi.»

Perché cercare di chiamare Pino quell'omone che avrebbe potuto fare la controfigura di King Kong è decisamente difficile.

Nella loro famiglia vige la regola delle 'p': il padre Giuseppe, detto Pino, la madre Pola, la figlia Penelope e il cane carlino Pitt, da Brad, l'idolo di Penny, che ha ripiegato sul cognome per battezzarlo senza violare la regola.

E a proposito di Pitt... eccolo che arriva, rigorosamente al guinzaglio, insieme a Pola. Da quando hanno perso il precedente carlino, Pilato, tengono Pitt sempre legato. Pilato ha incontrato una delle morti piú stupide di cui abbia mai sentito parlare: mi ha spiegato Tommy che i carlini hanno un difetto di respirazione che impedisce loro di ossigenare i polmoni mentre corrono. In pratica, corrono in apnea.

Un giorno, la madre di Penny uscí per andare incontro al postino lungo il viale di casa e si dimenticò di chiudersi la porta alle spalle. Pilato, ferocissimo, puntò il postino dalla porta e gli corse incontro per tutto il viale con l'intenzione di sbranarselo. Galoppò come un pazzo al massimo della velocità che le sue zampette corte gli consentivano, mentre Pola cercava in tutti i modi di fermarlo e gridava al postino di andare via. Il risultato fu che

Pilato arrivò fino al cancello e cadde a terra, morto stecchito.

«Buongiorno Pola, ciao Pitt.» Saluto la madre di Penny e quel mostriciattolo del suo cane da lontano. L'ultima volta, il piccolino mi ha quasi azzannato la mano.

Pola ricambia, poi si rivolge a Camilla, domandandole come fare per sdebitarsi con sua madre. «È stata cosí gentile a tenerci Pitt ieri sera!»

Pola è una donna molto fredda, ma estremamente cortese. Mi chiedo invece che tipo sia la madre di Camilla, dato che è sopravvissuta a Pitt per un'intera serata.

«Sai che lo fa volentieri.»

«Le porterò una pianta grassa per il suo bel terrazzo. Credi che le piacerà?»

«Ne sarà felice» risponde lei, molto educatamente.

Credo che, se proseguiremo in questo modo, ci sarà un giorno in cui non sarà piú possibile a nessun essere umano mettere piede su un terrazzo di una famiglia per bene, poiché sarà invaso da migliaia di spinosissime, arcigne e immortali piante grasse.

Saliamo tutti a bordo del gommone che Pino ha estratto dal rimessaggio vicino al canneto. Pitt, imbacuccato a prua in un asciugamano bianco a protezione degli schizzi, sembra il maestro Yoda di *Guerre stellari*. Camilla e io siamo sedute sullo stesso lato del gommone, la famiglia Rogelio sull'altro.

La costa vista dal mare è ancora piú selvaggia, mossa da un continuo succedersi di promontori e calette. Di tanto in tanto qualche casa fa capolino tra la vegetazione, ma non si vedono strade. Il mare sotto di noi è di un blu intenso venato dal verde scuro della Posidonia, uno dei tipi di alga verde piú diffusi nel Mediterraneo. Lo dico agli altri.

«Posi-che?» mi urla Penelope, per cercare di sovrastare il rumore del fuoribordo.

Le faccio cenno che non è importante e proseguiamo. Dopotutto, a chi può interessare il nome di un'alga?

Costeggiamo una lunga scogliera di roccia bianca dopo la quale si intravedono un porticciolo e gruppi di case disseminate sulla collina. Pino dirige il gommone al molo, e Pitt inizia inspiegabilmente ad abbaiare come un forsennato. Sembra avercela a morte con l'anello di metallo a cui si lega la cima dell'ormeggio.

«Io accompagno le mie amiche alla scuola di sub» dice Penny alla madre. «Poi ti raggiungo in profumeria.»

«Non intendo stare là dentro un'ora come l'altra volta» chiarisce subito Pola. «Cosa ci vieni a fare? Non possiamo vederci ai tavolini?»

«Uffa! Il sole invecchia la pelle. Ho bisogno di una crema riparatrice» ribatte Penny.

«Sí, del cervello. Con tutti quei raggi ormai è cotto» conclude secca sua madre e si allontana insieme al marito.

«A dopo, ragazze» ci saluta il signor Rogelio, un tantino elettrico.

È evidente che madre e figlia siano totalmente diverse. Una fa reportage di guerra, l'altra è tutta amici e chiacchiere. Ma come spesso avviene nelle famiglie, anche in questo caso Penny ha un genitore alleato: il papà. Non dipende dal sesso, né da altri fattori riducibili a una qualche regola: il genitore eletto, quello con cui puoi sempre parlare, che copre le tue piccole malefatte agli occhi dell'altro, è una realtà di ogni figlio. Cosí anche per te, Greta. Tua madre per ora è un capitolo a parte. Ne parli poco, qualche frecciata qua e là, ma sembrano dissapori superficiali (a parte forse il fatto che non ti ascolta come tuo nonno). Credo scoprirai, con il tempo, che siete piú compatibili di quanto immagini. Che avete un'intesa di fondo molto forte. Anzi, piú che credere, lo riconosco.

La scuola di sub si trova proprio in fondo al lungomare, subito dopo il fornaio. È una casetta gialla di due piani, con una piccola scalinata. Sui gradini incontriamo una ragazza che saluta Penny in modo concitato: «Ciao, scusa per stamattina, ma ormai avevo promesso allo zio che l'avrei aiutato!»

«Non c'è problema. Mi spiace per te» commenta Penny, che poi si rivolge a me: «Greta, ti presento Carolina, mia cugina.»

«Ciao, sono Greta» la saluto e poi domando a Penny: «Tua cugina?»

«Non so nemmeno se lo siamo davvero. Siamo cugine di terzo o quarto grado, ma per comodità dico semplicemente 'mia cugina'».

Carolina mi dà una stretta di mano forte e decisa. Ha una folta massa di capelli ricci e due occhi nocciola limpidi e luminosi. Mi è già simpatica.

Dopo aver salutato anche Camilla, entriamo.

L'ingresso della scuola di sub si apre su una piccola stanza tappezzata di foto di pesci, di carte nautiche e di attestati di ogni genere. La dirige Stefano, un tipo giovane, minuto e scattante che pare sepolto come un relitto in un mare di cartacce. «Ciao, Penny. Ti sei finalmente decisa a immergerti?» esordisce con tono ironico non appena ci vede.

«Nemmeno per idea. Già è difficile proteggere i capelli dal sale e dal sole, figuriamoci con tutta quella gomma in testa.»

Un tizio con i capelli bianchi emerge da una stanza laterale reggendo due bombole. «Non è gomma, Penny! Si chiama neoprene, ed è un materiale isolante che ti permette di mantenere una buona temperatura corporea anche se l'acqua è fredda.

Poi guarda me e Camilla e si presenta: «Paolo.»

«Di qualunque cosa si tratti, non fa per me!» lo affronta Penny, sorridendo a cinquantasei denti. «Però puoi provare con loro. Sono le due amiche di cui ti parlavo. Mia cugina la conosci già.»

«Ciao, Carry» la saluta una voce che proviene dalle nostre spalle. «Pronta a iniziare l'Advanced?»

Mi giro, ma lo vedo controsole. Non riconosco al volo il profilo e solo la sua voce dà forma ai ricordi. È proprio lui, non ci sono dubbi: Alberto.

Penny scarica Stefano e comincia subito a civettare con lui. «Ciao, Albe, ma dov'eri finito ieri sera? Non sei sceso in spiaggia.»

«Sono rimasto fino a tardi a preparare le cose per iniziare i corsi.»

«Potevi avvertire.»

«Non ti è arrivato il mio messaggio?»

Da quando ha iniziato a parlare non si è mosso di un millimetro, lasciando che il sole sfumi i contorni del suo viso. Ha una voce profonda e sensuale e, devo ammetterlo, è un gran bel tipo. Tuttavia, la sua sicurezza gli dà quell'aria da macho invincibile che proprio non sopporto.

Penny protesta con fare da gattona. «Non ho ricevuto nessun messaggio.»

«Mi spiace» dice lui, facendole capire che non gli dispiace affatto.

«Forse avevo la casella piena. Dimentico sempre di vuotarla, soprattutto perché non riesco a decidere quali messaggi tenere e quali cancellare.» Se ne esce con una delle sue solite idiozie che la fanno sembrare una scema.

Lui la ignora, saluta Camilla e poi, rivolgendosi a me: «Ciao, sono Alberto» si presenta.

«Greta.» Accentuo la presa nello stringergli la mano, perché capisca con chi ha a che fare.

Lui non me la lascia immediatamente.

«Ma noi ci conosciamo» dice, cogliendomi del tutto impreparata. «Non sei quella che ha ricevuto i complimenti del preside per la pagella migliore di tutte le quinte ginnasio?»

Sento le guance avvampare. Non mi sarei mai aspettata che mi avrebbe riconosciuta. E tanto meno che si sarebbe ricordato di quella stupidaggine del preside.

«Sí, sono io.»

«E hai intenzione di iscriverti all'Open Water?» Nella sua domanda avverto un tono di sfida.

«Sei un tipo intuitivo!» rispondo sarcastica, nel tentativo di togliermi dall'imbarazzo.

Scoppiano tutti a ridere, tutti tranne lui, che abbozza un sorrisetto compiaciuto.

«Allora ti aspetto domani per la prima lezione d'aula» conclude con quel suo fare sicuro e seduttivo.

Mi tira qualcosa che afferro al volo. È un sassolino bianco, rotondo, che sembra una perla.

«L'ho trovato venti metri sotto» dice. «È un portafortuna.»

Insopportabile.

È per questo sassolino rotondo, che sembra una perla, che ho chiamato questa parte del tuo diario Il colombre. *È il titolo di un racconto di Buzzati. Di certo non mi sarei aspettato che, scoprendo questo diario in soffitta, mi sarei ritrovato non solo a riscriverlo come se fosse un romanzo, ma avrei anche evocato autori di questo peso. Nel suo racconto, un uomo passa la sua esistenza a sfuggire da un misterioso pesce dei mari, il colombre, appunto, che nessun altro può vedere. E che al termine del racconto gli consegna una pietra come quella che descrivi. Non voglio dirti altro. Il racconto parla delle illusioni. Di come è facile figurarsi le cose in modo completamente diverso da come sono in realtà. Hai scritto che Alberto è insopportabile. E io ti scrivo: colombre.*

7

I paraghi

È sera, ormai, sono quasi le otto e ho poco meno di venti minuti per fare una doccia, vestirmi e salire a casa di Penny. È stata molto carina a organizzare una cena per farmi conoscere meglio i suoi amici.

Qualcuno sale le scale. È papà.

«Ti stai preparando per uscire?» si informa.

«Sí, e sono anche in ritardo.»

«Com'è andata oggi alla scuola di sub?»

«Bene. Iniziamo domani. Ci sono anche Camilla e Carolina, due amiche di Penny.»

Papà mi guarda e resta lí. Sembra che abbia voglia di parlare. Lo capisco lontano un miglio quando ha qualcosa da dirmi.

«Pa'?»

«Cosa c'è?»

«Niente, davvero. Spero che tu ti diverta» e poi finalmente tira fuori quel che pensa. «So che per te è stato difficile rinunciare alle tue vacanze in Liguria, a tutti gli amici che avevi là e alla tua soffitta.»

«Già... la soffitta» sospiro, ma nello stesso tempo gli sono grata per quello che mi ha detto. La soffitta, la mia casetta, la scala di legno bianco che porta là dove ho scritto, sognato, vissuto. Mi manchi tanto, Marco.

Papà si accorge del mio silenzio e prova a rimediare. «Ho detto qualcosa che non va?»

«No, affatto.»

«Non volevo rattristarti.»

«È successo lo stesso.»

«Ci saranno mille altre case come quella e tante altre persone da conoscere.»

«Credi?»

«Certo. E sono sicuro che anche qui starai bene. Questo posto ha qualcosa di magico, non trovi?»

Le sue parole mi fanno riflettere sulle sensazioni che ho da quando sono arrivata. «Sí, credo lo sia, ma non ho ancora capito in che senso.» D'improvviso un lampo squarcia la tela dei miei pensieri e illumina un'onda gigantesca che avanza. È quella del mio sogno. È solo il tempo di un attimo, poi rivedo il viso rassicurante di papà. «Comunque grazie.»

Mi dà un bacio sulla fronte e se ne torna di sotto.

Lo sento chiacchierare con i nonni. La nonna è allegra, e sembra aver finalmente terminato la ricetta che aveva iniziato a colazione e ora nei loro piatti sfrigolano alcuni fantastici totani ripieni e verdure gratinate.

Sento il profumino da quassú.

Ma proprio oggi doveva farli?

Sarebbe bello se mi lasciassero qualcosa...

Quello che piú mi piace, Greta, è il modo in cui salti. Perché tu non stai scrivendo. Stai saltando. Da Marco ai totani ripieni, dalla voglia di andare alla festa a quella di restare con i nonni a goderti le verdure gratinate. Credo si chiami libertà. E credo che tu ne abbia davvero tanta, e contagiosa, direi. Devo imparare. Provo a dirti una cosa in cambio: non serve domandarsi 'magico in che senso'. La magia c'è o non c'è. Se la si avverte, c'è.

Raggiungo la biforcazione del sentiero e, invece di scendere verso la spiaggia, prendo dalla parte opposta, una salita che conduce al gruppo di case rosa e bianche, tra cui si trova quella dei Rogelio. Il cielo ha un colore quasi irreale, come il mantello infiammato di un genio dell'aria.

A trenta passi di distanza dalla casa si sente già la musica dello stereo di Penny e la voce roca di Vasco che riecheggia in tutta la conca.

Provo a indovinare: E... vuoi da bere, vieni qui, tu per me, te lo dico sottovoce, amo te...

Mi piace essere accolta da Vasco, anche se non arriverei mai ad adorarlo come Penelope, che si farebbe tagliare un braccio piuttosto che perdere un concerto. Quando era a Milano è andato a sentirlo tutte e tre le sere!

A pochi passi dalla terrazza mi trovo davanti a un ragazzo tutto vestito di nero, come un becchino, che cammina con una bottiglia di birra in mano, borbottando qualcosa sulle donne e le loro manie. «Un branco di galline imbecilli... Cazzo! Proprio di bianco...»

Quasi mi butta per terra quando ci incrociamo e, senza nemmeno chiedermi scusa, si allontana mostrandomi il dito medio.

«Eccone un'altra!» esclama stizzito, scendendo lungo il sentierino.

Credo di essere rimasta a bocca aperta per qualche minuto nel tentativo di capire se stavo sognando o esisteva davvero un simile cafone.

«Si può sapere chi è quel primitivo che è appena sceso come un bufalo inferocito?» chiedo subito a Penny, quando mi riprendo.

Lei sta sistemando le ultime candele profumate sul muretto della terrazza apparecchiata a festa per la cena. Mi guarda, fa un leggero sospiro e poi mi spiega rapidamente la storia di Enrico. «È un ragazzo che vive una situazione molto difficile. Il padre non c'è mai e la madre alle tre di pomeriggio è già ubriaca. Lui è a dir poco suscettibile. Ma lui è quasi tranquillo rispetto a suo fratello. Giovanni, il minore. Pensa che un giorno ha preso a sassate un altro bambino che per sbaglio l'ha schizzato entrando in acqua.»

«Ma cosa gli è successo stasera?» le domando, e intanto lancio occhiate ammirate alla tavola imbandita. Americani di bambu nero, bicchieri di vetro e tovaglioli di colori diversi, centrotavola arancione di alchi-chengi secchi. «Sembrava fuori di sé.»

«Avevo dimenticato di dirgli che la cena ha come tema il bianco, cosí quando è arrivato qui vestito tutto di nero ha pensato che l'avessi preso in giro e ha fatto una piazzata urlando insulti a tutti» spiega Penny roteando la braccia in aria per mimare la rabbia di Enrico. «Gli abbiamo detto che poteva essere una variante carina, ma non c'è stato nulla da fare.»

«Sí, sembrava che gli avessimo ucciso il gatto» interviene in quel momento Daniele, che si avvicina con due piatti colmi di sushi e stuzzichini.

Vestito tutto di bianco, con la pelle abbronzata e i capelli leggermente lunghi, sembra appena uscito dalle pagine di *Men's Health*, o, meglio, direttamente dalla copertina.

Sfodera quel suo sorriso smagliante e, con tutta la classe di questo mondo, mi porge gli antipasti. «Buonasera, pesciolina. Sei in un incanto. Posso offrirti un bocconcino di sushi, preparato con le mie mani?» cerca di adularmi.

«Non fidarti. Sa a malapena zuccherare una tazza di caffè!» lo canzona Carolina, strizzandomi l'occhio.

«Ha parlato la gran cuoca... Miss vellutata!»

«E allora? Cos'hai contro la vellutata? È uno, se non l'unico modo accettabile, di mangiare le verdure.» E mentre lo dice fa una smorfia disgustata.

«Quindi non ti piacciono le verdure?» domando io.

«E come potrebbero, con quei colori terribili e quelle forme strane... Bleah.»

Mi prende sottobraccio e continua, con il suo simpatico modo di fare: «Quando sono assolutamente COSTRETTA a mangiarle, le riduco in poltiglia e ci aggiungo chili di formaggio grana.»

«Per un anno» interviene Daniele.

«Cioè?» domando.

«Carolina è una brava cuoca» si inserisce Camilla. «Ma ha l'unico difetto che quando impara una ricetta la ripropone fino alla nausea...»

«...dei suoi poveri invitati» specifica Daniele.

«E solo allora si stanca e ne impara un'altra.»

«E se provi a chiederle la precedente, se l'è già dimenticata. A parte...»

«...i rigatoni panna e mais!» esclama trionfante Penny. «Ti ricordi quando me l'hai propinati l'anno scorso?»

«Come no?» finge di offendersi Carolina. «L'hai mangiati esaminando ogni singolo boccone per mezz'ora. E poi hai fatto un sondaggio in giro per la spiaggia chiedendo se era una ricetta davvero esistente! Proprio divertente!»

«Carry...» la consola Penny ridendo. «Sappiamo tutti che hai altre qualità...»

Maliziosa? La ricetta di Carolina mi incuriosisce. Sembra alla mia portata, che è di poco superiore a quella di Daniele (io so anche fare il caffè, oltre a zuccherarlo). Dovrei avere della panna del frigo. Ora controllo. Fine della curiosità. Niente mais.

Camilla si alza all'improvviso dal muretto dov'era seduta e comincia a chiamare: «Vincenzoo! Vincenzooo!»

Allarmata, fa il giro della casa e sale le scale che collegano la casa di Penny alla sua. Dopo qualche minuto piomba giú ancora piú preoccupata. «Avete visto Vincenzo? Non lo trovo piú. I miei stavolta mi uccidono.»

E cosí scopro che il piccolo Vincenzo, nove anni di pura energia demoniaca, si diverte a scomparire nel nulla, e a osservare dai nascondigli piú impensati i suoi famigliari che lo cercano disperati. Stando ai racconti di Penny, una volta è riuscito a non farsi trovare per quattro interminabili ore. Acquattato su un albero del giardino, controllava dalle finestre i parenti impazziti che correvano per tutta la casa, sollevando anche i tappeti, solo perché erano convinti che, essendo scomparso mentre faceva il bagno, non se ne fosse andato in giro per la strada nudo come un verme.

Ci mettiamo tutti alla ricerca di mister Nascondino. E c'è chi scende addirittura in spiaggia.

«Stai tranquilla, Camilla, vedrai che lo troviamo» la rassicuriamo piú o meno tutti.

«Non è possibile che si comporti sempre cosí. Quando lo trovo, gliele suono» minaccia lei sempre piú agitata.

«Lasciami! Mettimi giú!» urla finalmente una giovane voce, sempre piú vicina.

«Trovato!» esulta Daniele portando la piccola peste sulla spalla destra. «Si era arrampicato sul canniccio della vostra terrazza e non è stato semplice tirarlo giú» spiega a Camilla.

«Vincenzo, stavolta le prendi!» minaccia lei, furiosa. «E se fossi caduto?»

Vincenzo sembra studiare per un attimo la situazione, poi usa la sua ultima arma a disposizione: comincia a piangere e a strillare come un ossesso, annullando completamente la musica di Vasco.

E cosí ottiene l'immediato perdono in cambio del prezioso silenzio.

Sarebbe stato bello che la canzone fosse Un senso*: voglio trovare un senso a tante cose, anche se tante cose un senso non ce l'ha. Con buona pace dell'italiano, naturalmente.*

Con Vincenzo domato in fondo alla terrazza, ricominciamo a goderci gli aperitivi. Il sushi va via velocemente e io entro in casa per prenderne un altro piatto. In cucina c'è solo Daniele che ha appena finito di preparare i paraghi per la grigliata. Si sciacqua le mani, poi comincia a fare un cocktail alla frutta. Vicino al succo d'arancia c'è anche una bottiglia di vodka.

«Cocktail alcolico?» domando sarcastica.

«Sí, con base di pesche bianche e succo di mirtillo. Spero sia di tuo gradimento...» Mi sfiora una mano, i suoi occhi fissi nei miei.

«Credo... di sí» rispondo imbarazzatissima.

Ritraggo la mano, afferro il primo piatto che mi capita sotto tiro e mi avvio verso la terrazza.

«Tutto bene?» mi chiede Penny, radar attivato. «Sembri un tantino fuori fase.»

«Tutto benissimo, perché? Avevo solo bisogno di prendere una boccata d'aria. Fa un caldo là dentro!» Mi aggrappo alla scusa piú stupida che mi viene in mente. «Camilla?» cambio argomento.

«È salita un attimo per chiamare i suoi. Vuole legare Vince con la cintura dell'accappatoio per essere certa che non le scappi.»

Sorrido e mi allontano. Ma sento i suoi occhi dritti in mezzo alla scapole.

La serata fila via veloce e la grigliata di paraghi si rivela ottima. Daniele, per mia sfortuna, non se la cava per niente male nemmeno con i cocktail.

«L'ho preparato apposta per te» dice, porgendomi il secondo bicchiere di intruglio rossastro dal gusto paradisiaco.

Provo a rifiutarlo. «Forse ho già bevuto abbastanza» dico, sperando di sembrargli convinta.

Ma lui sa essere molto persuasivo. «È solo succo di frutta, con una goccia di vodka. In fin dei conti dobbiamo festeggiare il tuo arrivo, l'inizio del corso e tutto quello che vuoi tu.

Ma sí, penso. In fondo sono in vacanza. Non devo nemmeno preoccuparmi di guidare il motorino. E poi sono solo due bicchieri di succo di frutta.

Piú o meno.

Accetto. «Ma questo è proprio l'ultimo.»

Mi siedo sul muretto, Daniele vicino a me. Sento il suo profumo leggermente speziato. Avverto il calore del suo braccio accanto al mio e alzo lo sguardo verso la luna solitaria nel cielo. Non è ancora piena, ma è cosí luminosa che il suo cono di luce argentata arriva fino alla spiaggia. Intorno a noi c'è una musica struggente, i Coldplay di *In My Place*, gran pezzo. Gli altri chiacchierano in un gruppetto, ma sono solo sfondo.

Mi sento strana, la testa gira e non sembra volersi fermare. Daniele è ancora al suo posto, immobile, in silenzio. Poi la sua mano mi accarezza i capelli e istintivamente la mia testa trova appoggio nell'incavo della sua spalla.

Sento le sue labbra, dolcissime sulla fronte, ma non so quello che voglio. Forse non questo, non ora, non con lui. Cerco di liberarmi dal suo abbraccio e di recuperare la lucidità necessaria per alzarmi.

«Devo andare a casa» riesco a dire.

«Va bene, ti accompagno» si offre lui.

«Non ti preoccupare. Posso andare da sola» ribatto pur non essendone del tutto convinta.

«Lo immagino. Ma scommetto che non hai nemmeno una torcia» insiste Daniele.

Ha ragione, non ci ho pensato. Per la seconda volta, mi devo arrendere a lui. «Va bene, allora.»

Raggiungo la porta di casa e cerco di mantenere una posizione piú o meno eretta: «Grazie di tutto, Penny. Ci vediamo domani alle otto e mezza in spiaggia.»

Ma quanta vodka ci ha messo nei cocktail?, penso mentre saluto rapidamente gli altri. Non sento dire a Daniele una sola parola.

Ci avviamo lungo il sentiero che mi sembra molto piú scosceso e impervio dell'andata. Altro che succo di frutta!

Daniele mi fa strada con la torcia puntata a terra, la sua mano stretta intorno alla mia.

Glielo consento per non cadere.

Quando arriviamo sotto casa spegne la torcia, se la infila nella tasca posteriore dei jeans e mi stringe anche l'altra mano.

«Sei molto carina, Greta» mi sussurra all'orecchio.

Sento ancora il suo profumo, sempre piú forte mentre si avvicina.

«E molto dolce.» Avverto il calore del suo respiro sulla guancia, poi piú giú, piú vicino alla mia bocca. La testa gira e gira e mi sento impotente, incapace di fare il minimo movimento. In quell'istante le sue labbra sfiorano le mie e si allontanano, per poi ritornare piú insistenti. Mi sta baciando.

Il suo corpo si stringe contro il mio, prigioniero del suo abbraccio.

Cerco di staccarmi facendo leva sulle sue braccia. «Mi sento svenire. Lasciami, ti prego.»

La presa si allenta e riprendo fiato. Mi passo una mano sulla fronte, gelata.

«Mi dispiace, ma devo andare.» Lo allontano e salgo le scale piú veloce che posso.

Prima di addormentarmi passo un dito sulle labbra, poi il sonno prende il sopravvento.

Perché a ventisei anni una scena simile ancora mi imbarazza? Dopo le pagine di inseguimenti, avventure e intrighi dei miei libri, dopo le donne fatali e irresistibili che ho inventato, ecco che mi ritrovo spiazzato da un semplice bacio. Mi sembra di vedervi con una tale chiarezza da sentirmi un intruso, uno di troppo, l'amico invidioso che se ne sta a spiarvi tra le piante di rosmarino e il finocchietto selvatico. Sei molto brava, Greta, a descrivere. Non hai sprecato una sola parola, e neppure ne hai usata una di troppo. Come sempre sei attenta ai particolari, a tutti, e nulla sembra sfuggire alla tua memoria. Se Daniele avesse potuto sapere, mentre tornava alla festa, del dito che hai passato sulle tue labbra, credo sarebbe impazzito.

8

Lo squalo

Mi pare di ricordare che ci sono pochi squali, nel Mediterraneo. Ma ci sono. Nuotano parecchio in fondo. E sanno aspettare.

Fuori dall'oblò della mia stanza la mattinata è splendida, il mare una distesa placida e rassicurante: perfetto per la mia prima immersione. Faccio una colazione leggera, saluto i nonni e mi avvio verso la spiaggia, carica delle aspettative raccolte in anni di sogni sul mondo sommerso.

Il ricordo di ieri sera è poco piú di una nota di profumo nell'aria. Quello di Daniele.

Persino Penny è stranamente puntuale. Suo padre Pino è alle prese con la prima telefonata del giorno e regge in una mano il cellulare trattenendo nell'altra una cima laterale del gommone, nel tentativo di tenerlo dritto. A un suo cenno Carry, Camy e io saliamo a bordo. Liquidato il suo interlocutore, Pino aiuta la figlia a issare sul gommone la sua enorme e pesantissima borsa. Quindi poggia un ginocchio sul bordo vicino al motore, determinando una pericolosa oscillazione verso quel lato e, dandosi una spinta, allontana l'imbarcazione dalla riva.

Penny ha insistito per accompagnarci, anche se di immergersi non ha la minima intenzione. Sospetto che sia venuta per pavoneggiarsi un po'.

Raggiungiamo velocemente la scuola, dove una decina di persone si è già radunata ad aspettare ai piedi dei gradini. Guardandomi intorno, credo di essere la piú giovane del gruppo. Un rumore di chiavi nella toppa e la porta è finalmente aperta. Appare il viso cicciottello e simpatico di Paolo, che ci accoglie con un sonoro buongiorno e ci fa subito strada lungo il corridoio, fino all'aula dove seguiremo le lezioni mattutine di teoria.

È già tutto pronto: i manuali PADI e i logbook, ovvero i libretti nei quali si annotano le immersioni fatte, fanno bella mostra su una serie di tavoli bianchi affiancati da seggioline di plastica pieghevoli. In fondo alla stanza un grande televisore, sormontato da un lettore DVD, mostra per ora la consueta trama bianco-nera che sembra rubata da un puzzle di Escher.

«Chi fa l'Open Water si fermi qui» spiega Paolo, indicando le sedie.

Guardo Camilla. Sento il cuore battere forte nel petto e rimbombare fino allo stomaco.

Carry ci saluta e si dirige verso un'altra aula, dove seguirà il corso avanzato. Credo che farà con noi solo qualche uscita.

Ci dividiamo tra le varie sedie, che squittiscono sul pavimento pulito. Quando siamo tutti seduti, Paolo si piazza davanti al televisore e dà inizio alla prima lezione: «Buongiorno, ragazzi. Mi chiamo Paolo e seguirò cinque di voi. I restanti cinque saranno invece sotto la guida di Alberto.»

Alberto fa la sua apparizione nell'aula. Anche lui indossa i pantaloncini blu e la maglietta azzurra del diving, ma sulle sue spalle larghe il risultato è decisamente piú interessante.

«Buongiorno a tutti. Mi chiamo Alberto e sono *l'altro*

istruttore, dato che oggi Paolo mi ha preceduto» sorride, sicuro di sé.

Il DVD comincia a ronzare nel lettore e il primo filmato inonda il televisore. Noi, tutti attenti, teniamo gli sguardi fissi sul video e su Paolo che interrompe di tanto in tanto per spiegare e rispondere alle domande, poche, della classe.

A metà della lezione prende una specie di gilè salvagente nero. «Questo è un GAV, ragazzi...» ci spiega. «Altrimenti detto Giubbotto ad Assetto Variabile. Sarà il vostro miglior amico durante le immersioni.»

«Dopo di me, naturalmente» scherza Alberto. E poi continua, mostrandoci un tubo di gomma corrugato. «Su questo tubo ci sono due pulsanti. Il primo serve per sgonfiarlo, in questo modo, con il braccio alzato, vedete? E il secondo per gonfiarlo.»

«Bisogna soffiarci dentro?» scherza un ragazzo siciliano.

«L'aria la prende dalla bombola» risponde Paolo. «Ma se hai buoni polmoni, puoi provarci anche con la bocca.»

«Quindi direi di no» aggiunge Alberto, annientandolo.

«A cosa serve?» domando io.

«A regolare il tuo assetto sott'acqua» dice Alberto, distendendo le mani davanti a sé per mostrarci come. È molto professionale, ma non posso fare a meno di notare un certo compiacimento nel suo modo di osservare la classe, in silenzio, seduto su un tavolino un po' in disparte, con una gamba tesa a terra e l'altra appoggiata sul piano. Di tanto in tanto i nostri occhi si incrociano, ma io distolgo lo sguardo, prima che lui possa cercare di comunicare qualcosa.

Alberto osserva tutta la classe compiaciuto... oppure osserva te, compiaciuto? È in disparte, in un lato della stanza, ma è come se fosse in mezzo, magnetico. E i tuoi occhi, come aghi di bussola, di tanto in tanto lo puntano. C'è una strana tensione, nell'aria. Come quella che si crea tra pesce e pescatore. Alberto mi sembra un grosso squalo che nuota intorno alla tua barca. A tratti volteggia in acqua per attirare la tua attenzione. A tratti urta la tua chiglia per mostrarti la sua forza.

Usciamo dall'aula a mezzogiorno e gli istruttori ci dividono in due gruppi, dandoci appuntamento per il primo pomeriggio alla spiaggia in fondo al lungomare. Camy e io insistiamo per essere nello stesso gruppo e ci riusciamo. Faremo i primi esercizi pratici direttamente in mare.

E cosí, tra lezioni in aula e lezioni in mare, le giornate di corso trascorrono rapide e intense. Di notte dormo sonni pesanti, carichi della stanchezza accumulata. Daniele prova a farsi vivo con alcuni messaggi, a cui rispondo dopo il tempo necessario per fargli capire che non servirà insistere. Ma lui non sembra capirlo.

Al quarto giorno di corso, Paolo e Alberto ci annunciano che siamo pronti per affrontare la nostra prima, vera immersione.

È fissata per l'indomani, alle tre del pomeriggio, partenza dal molo. E ci sarà anche Carry.

Non sono sicuro di volerti seguire anche sott'acqua. Tu ne sei entusiasta. Io meno. Troppi ricordi. Ci penserò domani, Greta. Per oggi, è tempo di rincasare.

9

L'anguilla

La mattinata che precede la nostra prima immersione è libera e cosí Camy, Carry e io ne approfittiamo per fare un giretto per negozi e mangiare una focaccina calda. Decidiamo di accettare uno strappo in macchina da mio papà, che ogni giorno affronta il sentiero per procacciarsi un giornale nell'unica edicola del paese. Il sole picchia impietoso sulle nostre spalle per tutta la durata del tragitto e, una volta in macchina, papà rifiuta cocciutamente di accendere l'aria condizionata.

Quando parcheggiamo sul lungomare desideriamo solo trovare una bibita fresca per alleviare la sete. Raggiungiamo Penny al bar piú trendy del paese. È seduta a un tavolino e sta sfogliando un giornale di moda.

«Ciao, Penny. Eccoci qui!» esclamo trionfante.

«Ciao, cara» la saluta papà.

«Buongiorno, Kris. Ciao, ragazze. Per fortuna siete arrivate. È una tale noia stare qui da sola!» si lamenta lei.

«Io vi lascio. Allora, siete a posto per il ritorno?» mi domanda papà.

«Sí, grazie. Ci riaccompagna lo zio di Carry.»

Papà si allontana con quel suo passo lento e cadenzato,

che dà sicurezza. La sua figura slanciata ed elegante si distingue tra i passanti. È un uomo d'altri tempi, con i sandali di cuoio incrociati sul dorso del piede, i bermuda color sabbia assicurati in vita dalla cintura di pelle scura inglese, dalla quale esce morbida una camicia di lino chiaro con il colletto alla coreana. Lo osservo dileguarsi dietro una casa: è proprio un bel papà.

Penny ci domanda del corso.

«Alberto è molto bravo. Trasmette una certa tranquillità?» commenta Carry.

«Siete state fortunate ad avere lui, è il migliore» afferma Penny.

«Tu lo dici? Ma se non hai mai oltrepassato la soglia dei cinque centimetri di profondità?» le fa notare Camy. «Come fai a valutare se un istruttore è bravo?»

Camilla è sempre cosí saggia e cosí... posata. A volte sembra che non abbia nemmeno la nostra età.

«Be', sono cose che si capiscono» risponde Penny, arrampicandosi sugli specchi.

Carry cambia discorso rapidamente. «Io ho bisogno di una gonna carina per quando andremo in discoteca. Mi accompagnate a cercarne una?»

«Volentieri!» esclama Penny, chiudendo il giornale di moda come una tagliola. «Conosco un negozio fantastico.»

Com'è ovvio, Penny guida la spedizione.

Camminiamo sul lungomare per una ventina di metri. Il mare è calmo come una tavola da pittore e le case del paese sono i suoi colori. La vetrina del negozio è splendida: gonne da zingara di cotone bianco e sangallo, camicette in stile con il corpino stretto e le maniche a sbuffo ambientate in un contesto di sassi bianchi e tondi, vecchie cime e reti da pesca appese come arazzi sullo sfondo.

Entriamo decise e, come in ogni ricognizione a tappeto che si rispetti, ci dedichiamo allo spoglio degli abiti da lati opposti della sala.

«Io proverei questo.» Camilla ha in mano un top elasticizzato color bronzo scuro che sembra pelle di anguilla.

«Che taglia è?» domanda Penny.

«XS.»

«Forse è piccolo per te» le faccio notare.

«Purtroppo è l'ultimo rimasto» interviene la commessa.

«Lo provo comunque.» Camilla si avvia decisa verso il camerino.

La giornata è particolarmente calda e non ho voglia di provare nulla, cosí osservo le mie amiche divertita. Carry appare con una gonna gialla e glicine, tutta di paillette, è la fine del mondo.

«Potrei abbinare alla gonna la mia nuova camicetta...»

Carry è interrotta dalla voce di Camilla.

«Greta? Penny?» chiama dallo spogliatoio.

Mi avvicino e faccio per scostare la tenda.

«Fai piano! Entra solo tu e aiutami, ti prego» mi implora sottovoce.

Una volta entrata nello spogliatoio, la scena che mi si presenta è davvero surreale: Camilla, sudata e rossa come un peperone, è imprigionata, come in una camicia di forza, nel top color bronzo.

«Ho provato a sfilarlo in tutti i modi, ma con questo caldo il tessuto mi si è appiccicato addosso peggio di una carta moschicida. Dammi una mano!» mi supplica sull'orlo della disperazione.

Tento di aiutarla sollevando il top e tirando, ma si blocca all'altezza delle spalle. Non ci passerà mai, e glielo dico.

«Ho paura che dovremo chiamare la commessa» suggerisco «e usare un po' di borotalco.»

«Non ci pensare nemmeno. Non posso certo farmi vedere in queste condizioni!»

«E allora cosa intendi fare?»

«Lo compro»

«Come sarebbe lo compri?»

Camilla si ricompone, sistema i capelli arruffati come dopo un tornado e, quasi fosse la cosa piú naturale del mondo, si avvia alla cassa, con il top bronzo sempre indosso.

«Ho deciso di prenderlo» comunica alla commessa.

«Bene... vuoi che te lo incarti?» le propone giustamente la ragazza.

«No, il fatto è... che mi piace talmente tanto che preferisco tenerlo indosso!»

La risata collettiva, a stento trattenuta dentro il negozio, esplode fragorosamente una volta fuori.

«*Mi piace talmente tanto che preferisco tenerlo indosso*» la canzona Carry, con le lacrime agli occhi.

Camilla è di fronte a me, con un paio di bermuda di cotone blu con le tasche e un top color bronzo da sera, il sole è alto nel cielo e fa un caldo fotonico.

«La prossima volta conviene andare per negozi prima della discoteca, cosí, nel caso, sei già pronta!» la prende in giro Penny.

«Molto divertente. Il punto è: come faccio a toglierlo adesso?» ribatte Camilla.

«Io ho un'idea» interviene Carry. «Lo faremo in acqua. Una volta bagnato dovrebbe essere piú semplice.»

Per fortuna il suggerimento di Carry funziona e Camilla, finalmente libera, può tirare un sospiro di sollievo.

Non oso pensare cosa si sarebbe dovuta inventare per giustificare agli istruttori di essersi presentata al corso con quel coso addosso.

Di sicuro sarebbero morti dalle risate. È una di quelle situazioni comiche degne della miglior commedia americana. Se solo avessi l'indirizzo di Woody Allen, Greta, gliela spedirei.

La barca del diving, di legno bianco e con il pavimento azzurro, è pronta per portarci sul luogo della nostra prima immersione. Saliamo a bordo. Le file di bombole e GAV sono disposte in ordine alle spalle di panchine in legno addossate ai bordi. Le mute penzolano da una serie di grucce appese a un tubo metallico centrale, mentre il resto dell'attrezzatura è sistemato in cassette colorate sotto le panche.

Alberto mi indica dove sedermi.

«Il tuo gruppo è quello, Greta. E questa è per te» dice porgendomi una muta nera e fucsia. «Per il momento puoi infilarti la parte inferiore in modo da abituarti alla sensazione di averla indosso.»

Per lo meno è gentile, penso.

Quando tutti sono seduti ai propri posti, la barca brontola e prende il largo, lasciandosi dietro una lunga scia bianca.

Alberto ti ha scelto anche una muta alla moda, direi. Noi la chiamavamo pelle di serpente. Ricordo bene quei momenti, la partenza, la scelta delle pinne, il neoprene che profuma di salsedine e ti si incolla addosso come un serpente, appunto. Sembra trascorsa un'eternità.

Il motore si spegne con un risucchio. Ci siamo fermati lungo la costa in un punto riparato dalla scogliera. Qui il mare è calmo e l'acqua è limpida come se fosse appena sgorgata da una sorgente di montagna.

«Il mio gruppo a poppa, per favore» ordina Alberto ad alta voce.

Ci alziamo. Sembriamo cinque formiche giganti che attendono le ultime istruzioni dalla formica regina. Ma la realtà è che siamo a un passo dal fatidico momento dell'immersione.

Il mio cuore batte forte. Piú di quanto abbia mai fatto prima.

Alberto ci passa in rassegna come il sergente cattivo di *Full Metal Jacket*.

«Camilla, tieni la maschera sotto il mento, se non vuoi metterla subito. Se la tieni cosí, sulla testa, ti si appannerà immediatamente e ti sembrerà di scendere nel Loch

Ness.» Il suo fare è sempre a metà tra lo scherzoso e lo strafottente.

Camilla borbotta qualcosa e ondeggia paurosamente sotto il peso della bombola. Cerca di mantenere un seppur minimo equilibrio aggrappandosi a qualunque cosa o persona si trovi sul cammino che porta al trampolino.

Sarà la prima a tuffarsi.

Cosí bardata sembra ancora piú goffa del solito, con tutte le sue energie concentrate sull'obiettivo di arrivare in acqua senza perdere nulla per strada.

«Fai un passo avanti» le ricorda Alberto. «Metti in bocca l'erogatore e, tenendo la mano sinistra sopra la maschera, entra facendo il passo del gigante.»

«Quale piede metto davanti?» chiede Camy.

«Quello che preferisci» risponde lui, inarcando le sopracciglia.

Camilla esita, incerta. Cosí Alberto si rivolge a me.

«Vai tu, Greta. Cosí le fai vedere come si fa. Ti ricordi?»

La prendo come una sfida personale: «Certo, con piacere.»

«Una volta in acqua, l'appuntamento è alla catena dell'ancora. Scendiamo da lí» conclude lui.

Mi preparo sulla pedana. Gonfio il GAV e, regola numero 1, guardo dritta di fronte a me. Cosí non corro il rischio di sfracellarmi sulla fiancata della barca.

Arrivo al bordo della pedana e poi faccio un ultimo passo in avanti un po' piú lungo del normale e... pluf! sono in acqua.

Galleggiare con tutta quella roba addosso è una sensazione stranissima: mi sento una boa!

Ma voglio dimostrare ad Alberto (chissà perché, poi) di essere una che prende le cose seriamente. Mi tolgo l'erogatore dalla bocca e metto lo snorkel, per non consumare aria.

«Brava!» si complimenta lui dalla barca, dandomi soddisfazione.

Gli rispondo con un cenno e mi allontano per liberare la via agli altri. Nuoto sul dorso fino alla catena dell'ancora, che sprofonda in mare come un'ombra.

Gli altri ragazzi si tuffano uno a uno e mi raggiungono scortati da Alberto.

«Mi raccomando...» spiega lui, indicandoci la scogliera alle sue spalle. «Se scendendo sentite male alle orecchie, risalite un po' finché non passa. Una volta arrivati sul fondo percorriamo una ventina di metri sulla sabbia fino a quegli scogli.»

Ci dà il tempo di memorizzare il tutto e riprende: «Lí proseguiamo in parete e, se siamo fortunati, facciamo visita a una splendida murena.»

Il boccaglio di Camilla schizza fuori dalla sua bocca. «Una murena? Ma è un pesce pericoloso!» esclama con gli occhi grandi per la paura al di là del vetro già appannato della maschera.

«Nessun pesce vi attaccherà, se non gli date fastidio» spiega Alberto.

«Io sono proprio curiosa di vederla da vicino!» afferma entusiasta Carry, forte della sua consolidata esperienza di sub e, quindi, del tutto a proprio agio.

«Qualcuno si ricorda il segno per indicare la murena?» domanda Alberto.

Il ragazzo siciliano molto simpatico esegue la murena alla perfezione. Suo fratello, vedendolo, si rende conto che il gesto che stava facendo lui poteva essere, tutt'al piú, un pesce gatto, e ritrae subito la mano.

Ridiamo. Alberto ci controlla un'ultima volta.

«Ci siamo!» esclama, serio e soddisfatto. «Scendiamo!»

Mi sembra di essere lí con te. Se chiudo gli occhi sento l'acqua tra la pelle e la muta avvolgermi piú tiepida e clemente, il sapore di gomma e sale dell'erogatore stretto tra i denti, lo sciabordare delle onde sulla bombola, il cuore inghiottito dal blu.

10

La murena

Facciamo il segno che è tutto okay, erogatore in bocca e maschera incollata alla fronte, senza capelli sotto. Sgonfiamo i nostri GAV uno a uno, iniziando a compensare. Il mondo si fa blu e silenzioso, rotto solo dal mio respiro. Stringo il naso con le dita e deglutisco, scendo, ma dopo pochi metri ho qualche problema all'orecchio destro. Rimango appesa alla catena per qualche secondo, mentre gli altri continuano a scendere, come grappoli appesi all'ancora. Quando si accorgono che sono rimasta indietro, si fermano qualche metro sotto e aspettano che mi passi. Non voglio che mi debbano aspettare. Poi avverto un movimento alle mie spalle e mi accorgo di non essere l'ultima. C'è anche chi è piú lento di me: Camilla.

Deve aver sbagliato a premere il pulsante del tubo corrugato del GAV, perché è gonfia come un palloncino e, nonostante cerchi di tirarsi giú in tutti i modi, credo sia piú probabile che riesca a disincagliare l'ancora che a scendere di altri due centimetri.

Che disastro!

Alberto risale veloce come un fulmine, le va vicino e l'aiuta a raggiungere prima me, poi il resto del gruppo, che attende sospeso come un cerchio poco sopra il fondale.

Quando mi passa accanto, i suoi occhi sembrano sorridermi attraverso il vetro della maschera. O forse è solo il riflesso dell'acqua.

Le mie orecchie migliorano e mi permettono di proseguire. Controllo il mio profondimetro: siamo scesi a quindici metri e galleggiamo su una distesa di sabbia bianca, screziata qua e là da mucchietti verdi di posidonia gonfi come cuscini appena sprimacciati. L'acqua è calda, attraversata ogni tanto da qualche corrente piú fredda, che scivola via come brividi.

Procediamo a coppie. Io nuoto al fianco di Carry, che mi indica tutto ciò che il suo occhio allenato riesce a scorgere.

E io, finalmente, vedo.

Branchi di specie diverse nuotano al nostro fianco, incuriositi. Distinguo qualche sarago e alcune piccole ricciole. Poi, d'improvviso, ci ritroviamo in mezzo a migliaia di barracuda che ci sfrecciano accanto come missili argentati. E uno spettacolo indescrivibile. Siamo come loro.

Siamo mare.

Pinneggiamo per dieci minuti per raggiungere la parete rocciosa di cui ci aveva parlato Alberto. Me ne accorgo leggendolo sul mio computerino da polso, perché non saprei dire da quanto tempo sono in acqua. È come se il tempo scorresse filtrato dal mare. Non è dilatato. È il tempo di un mondo diverso da quello a cui sono abituata.

La scogliera, vista da sotto, è un universo popolato da mille coloratissime spugne di mare, che oscillano alla corrente come le barbe di vecchi saggi, e da schiere di pesci di tutte le forme e dimensioni. Ce ne sono alcuni piccolissimi, argentati e verdini, che si muovono a una velocità sconsiderata e virano all'improvviso come pipistrelli tra i muri delle case. Le loro curve repentine hanno una particolare dignità, come se fossero, in qualche modo, assolutamente indispensabili. E questo li rende ancora piú divertenti. Altri pesci, bianchi e neri, nuotano solenni e indifferenti, con movimenti cadenzati ed eleganti.

Alberto si ferma qualche metro piú in là e punta la torcia dentro una spaccatura nella roccia. Avvicinandomi, scorgo la testa di una murena. Il pesce-rettile ha una forma affusolata, con la bocca enorme rivestita di due file di denti lunghi e aguzzi. Gli occhi, blu come il mare, sono due bottoni madreperlati cuciti sulla pelle squamata marrone. Non sembra molto grande, ma sapendo che può essere pericoloso non indago oltre.

Dopo di me è Camilla ad affacciarsi al bordo roccioso della tana. E a quel punto la murena, stanca di stare in vetrina, spalanca minacciosamente la bocca.

Camilla, atterrita, fa un balzo indietro e perde l'erogatore. Presa dal panico, guarda verso l'alto intenzionata a risalire.

Ti lascio qui. Scusa. Troppi pensieri mi ronzano per la testa, generati da ricordi amari. Ho bisogno di staccare.

È passato un giorno, in cui non ho letto, non ho aggiustato il tuo diario. Mi sono domandato se avesse un senso continuare a leggerti, quanto stessi invadendo la tua vita senza esserne autorizzato. Ma il tuo diario ha la copertina azzurra e una grande 'G' stampata sopra. Ed è il diario allegro e spensierato di una ragazzina di sedici anni, capitato in mano a uno scrittore famoso e un po' triste. Un diario che parla di una vacanza al mare. Che parla di libertà e di gioia di vivere. Che è stato, fino a questa pagina, una cura.

Non hai alcuna colpa a voler scrivere della tua immersione e dell'incidente della tua amica. Nessuna. Non puoi sapere nulla del mio passato, dei ricordi che vorrei riportare alla mente con un sorriso.

Ma ho deciso di ricominciare. È sera. I grilli hanno dato il cambio alla cicala. Il mare scurisce il cielo. Corre un vento leggero.

Eccomi. Non so dove questo ci porterà, ma non ti abbandonerò a metà strada.

Alberto l'afferra per una gamba e la tira giú. La immobilizza tenendola per le spalle e le ficca l'erogatore di scorta in bocca.

Noi rimaniamo immobili a guardare alla scena: è il primo salvataggio al quale assistiamo.

Alberto ci sa fare. Trasmette a noi la sua sicurezza e in acqua è piú agile di un pesce. Forse ha anche le branchie...

Percorriamo a ritroso la via dell'andata, ma siamo un po' piú alti di prima e scopriamo uno scenario completamente diverso. È splendido galleggiare in acqua sospesi sul mondo che sta sotto. È come volare in uno spazio sconfinato e protettivo.

Raggiungiamo la catena dell'àncora, iniziamo la risalita e ci fermiamo a cinque metri per la sosta di sicurezza. Ci guardiamo dalle maschere. Collane di bolle d'aria salgono verso l'alto. Alberto controlla il suo computer da polso. È una precauzione che si adotta al termine dell'immersione per evitare rischi di embolia, ovvero danni ai polmoni provocati dalla pressione. A un segno di Alberto gonfiamo i nostri GAV e raggiungiamo la superficie, spuntando dall'acqua come tanti funghetti dopo la pioggia.

Ho le orecchie tappate, ma gli occhi ancora pieni di immagini rubate a un mare, che oggi è un po' piú mio.

Alberto sale sulla barca per primo. Si libera rapidamente di una parte dell'attrezzatura e poi si accinge ad aiutare noi.

«Sfilatevi le pinne e passatele a me» ci suggerisce. «Cosí potete salire meglio sulla scaletta.»

Seguo il consiglio e gli porgo le pinne, poi afferro la sua mano. Ha il braccio teso, forte, come la sua presa sul mio polso. I suoi occhi fissi nei miei sembrano volermi attrarre in quel nuovo blu profondo e misterioso.

È solo un momento, ipnotico, da cui mi risveglio in un istante e gli sorrido, per la prima volta.
«Grazie» dico, quasi senza pensarci.
«È un piacere, Greta» risponde lui, come se fosse rapito dallo stesso incantesimo.

Tu sei uscita dall'acqua, mentre a me manca il respiro: sta per succedere qualcosa?

Quando anche il secondo gruppo risale a bordo, leviamo l'àncora e torniamo al porto. È tardo pomeriggio e il mare è un lago tranquillo, che riflette la luce calante, è il passaggio per la parte del mondo che il sole andrà a riscaldare.
Un vento tiepido muove i capelli, i teli stesi ad asciugare e i miei ricordi. Volo via lontana dall'Elba e torno al mio mare che è poco piú a nord, e a Marco. Ho la tentazione di scrivergli, forse di chiamarlo. Perché questo improvviso struggimento? E perché dopo un momento cosí esaltante? Non penso alla festa di Penny, a Daniele. Nemmeno all'immersione. Penso a lontane giornate indimenticabili, stretta a lui sulla moto che sfrecciava in riva al mare.
Il mio mare.
Rimetto a fuoco l'isola che scorre veloce davanti ai miei occhi. È splendida, ma sento un'inquietudine che non so definire. Mi perdo a osservare l'acqua e, d'improvviso, mi torna in mente l'incubo di qualche sera prima: l'onda che mi sommergeva e mi lasciava senza fiato. Un fremito mi scuote il corpo ancora infreddolito dopo l'immersione.
«Ti è piaciuto?» mi urla nel vento Camy, rompendo la corda tesa dei miei pensieri.
«Moltissimo! Sembra di avere le ali» le rispondo. «Tu stai meglio? Ti ho vista in difficoltà.»
«Sí, adesso sí. Anche se me la sono vista brutta con quell'orribile pesce.»
«Io non vedo l'ora che sia domani» interviene Carry.
«Domani ti immergi di nuovo?» le chiedo io.

«Due volte. Navigazione e Profondità. Dopo di che il brevetto Advanced sarà mio!» ci spiega tutta soddisfatta.

«Quante devi farne, in tutto?» si informa Camilla.

«Cinque. Poi finalmente potrò andare a Ustica a seguire il corso di archeologia subacquea!» conclude.

Le sorrido. Carry pianifica sempre nuovi progetti. È una ragazza molto in gamba.

Mentre la barca fende le onde, mi alzo, lascio Carry e Camy a chiacchierare di programmi futuri e mi dirigo a poppa. La baia si apre davanti a noi e il lungo braccio del porto che si estende nel mare, sorretto da blocchi di cemento a tre punte, sembra il giocattolo abbandonato di un bambino. Viste da qui, le casette colorate del paese sono decorazioni di zucchero sulla collina verde di marzapane. Sospiro. Siamo quasi arrivati.

«Non sono troppi pensieri per una testolina cosí piccola?»

La voce di Alberto mi coglie alla sprovvista. È vicino a me. E chissà da quanto mi stava osservando.

«Forse.»

«Ormai siamo arrivati» indica il porto con uno scatto del mento. «Ti va un gelato?»

«Grazie, ma devo tornare subito a casa.»

Il mio è un rifiuto obbligato. Non si può certo accettare al primo colpo, quando si ha a che fare con tipi del genere.

«Come preferisci» risponde sorridendo. «Ma entro la fine del corso conto che tu dica sí.»

Il suo profilo sembra scolpito dal vento. E il suo sorriso è cosí convincente che rispondo: «Va bene. L'ultimo giorno.»

Ma sono impazzita? Come ho potuto accettare? E perché, dato che non mi è nemmeno simpatico?

Spero solo che, prima della fine del corso, ce ne saremo entrambi dimenticati.

È una serata magnifica.

Il cielo è una tela orientale scurissima, ricamata con miliardi di stelle. Fuori, un fitto verseggiare di grilli e una leggera brezza che profuma di sale. Dentro, la mia stanza è silenziosa. Sento lontano solo il vociare di sottofondo della televisione al piano di sotto. Nonna la guarda tutte le sere prima di andare a dormire. Tommy e papà sono andati al porto a pescare calamari e il nonno prende il fresco della sera abbandonato sulla sdraio a righe verdi e rosse in terrazza.

Ognuno al suo posto e un posto per ognuno, direbbe mamma.

Poi il sonno mi rapisce.

11

I pesci volanti

Passano i giorni.

E passano le notti.

E finalmente arriva l'ultimo giorno di corso, quello dell'esame finale. Mi aspettano prove scritte e pratiche. E sono tesissima!

Ci ritroviamo tutti puntuali alle nove e mezza nell'aula del diving.

C'è anche Alberto.

Non appena lo vedo penso al nostro appuntamento. Chissà, se ne ricorda ancora?

È stato cosí attento e carino in questi giorni che quasi quasi sarei contenta se tornasse sull'argomento. Poi, però, mi viene il dubbio che faccia cosí con tutte. Con il lavoro che fa gli capiterà senz'altro di conoscere una marea di ragazze. E magari con qualcuna...

«Va tutto bene, Greta?» mi domanda Camilla con l'aria preoccupata.

«Sí, ero solo persa nei miei pensieri» rispondo da un altro pianeta.

«Forse è qualcosa che ha a che fare con Daniele?»

«Daniele? Ma...»

«Non sei costretta a parlarne se non vuoi. È che da qualche giorno sei... come assente.»

«Va tutto bene» la rassicuro «Non è successo nulla di importante tra noi. Stai tranquilla.»

Eppure avverto qualcosa, quasi l'attesa di un evento determinante, che nemmeno io so spiegare.

L'esame teorico è a quiz. Con tutto quello che ho studiato, le domande sono alla mia portata.

Nella parte pratica, invece, ho ancora qualche problema con lo svuotamento della maschera sott'acqua.

«Non ce la farò mai!» mi lamento calandomi in mare.

«Basta che non respiri con il naso» mi spiega Alberto, come fosse la cosa piú ovvia del mondo.

Speriamo che abbia ragione. Scendo in acqua e, una volta sotto, l'istruttore mi fa segno di togliere la maschera. La sollevo e la rimetto, lottando con la sensazione di affogamento. Premo con l'indice sul bordo superiore della maschera, guardo verso l'alto e soffio con tutte le mie forze.

Come per incanto, l'acqua scompare.

L'istruttore mi fa segno che posso risalire.

«Può essere sufficiente per ritenermi 'brevettata'?» domando ad Alberto, non appena risalgo a bordo.

«Te la cavi benissimo. E con un po' di pratica riuscirai a vestirti completamente sott'acqua come faccio io.»

Solo il suo sorriso può bilanciare questa sparata da vero pallone gonfiato. Ma, sfrenato esibizionismo a parte, so che è davvero capace di farlo. Ed è stata sua, dopotutto, l'idea di farci fare un'immersione anticipata rispetto a quanto prevedono le altre scuole di sub. In questo modo siamo arrivati alle prove finali molto piú sicuri.

A parte qualcuno... Camilla, poverina, che ha dovuto indossare un sottomuta perché pare sia allergica al neoprene, e un fastidioso eczema si è progressivamente impadronito del 70% del suo corpo.

«Ben fatto, ragazzi» si complimenta intanto Paolo, passando da tutti noi con un cinque spianato.

Guardo speranzosa i miei compagni di corso.

«Dici che ce l'abbiamo fatta...?»

Sono sul molo, raggiante in un tardo pomeriggio raggiante. Ho tra le mani un libretto rettangolare blu e un tesserino provvisorio di Open Water PADI Scuba Diver, su cui è stampato il mio nome.

«Fico» dice Camy che piú che contenta sembra allibita di avercela fatta. «Fichissimo.»

Carry è felice quanto noi: ha conseguito il suo attestato Advanced, che le apre le porte per il corso siciliano di archeologia subacquea e per chissà quali altre specialità.

«E quindi è fatta» dice una voce alle mie spalle.

Alberto sfodera il suo sorriso migliore: due file di denti bianchi e perfetti. È vestito di bianco da capo a piedi, e avverto in lui un non so che di dolce che, come una calamita, mi attrae senza lasciarmi scelta.

«Grazie» mi limito a rispondere. Voltandomi verso di lui è come se cancellassi completamente la presenza di Camilla e Carolina. Non so se ricordargli il nostro appuntamento.

«Credo sia giunto il momento di consumare il nostro attesissimo gelato» mi precede.

Un moto di pura gioia mi sale dalla pancia fino in gola, dove lo blocco prima di fare la figura della ragazzina disperata che non aspettava di sentirsi dire altro.

«Volentieri. Me n'ero quasi dimenticata» mento spudoratamente.

«E io che mi illudevo di aver conquistato un posto nei tuoi pensieri!»

Gli lancio uno sguardo al tempo stesso malefico e divertito: «Non si può mai dire...»

L'ho sorpreso. Si fa piú serio. «Vogliamo andare?»

Mi volto verso Camilla e Carolina e mi accorgo che sono scomparse.

«Le tue amiche sono appena tornate in aula. Vorranno chiedere a Paolo quale corso seguire adesso.»

«Perché, se ne possono fare subito altri?»

«Per te, oggi, lezione privata.» Mi fa l'occhiolino e mi porge la mano, come fossi una principessa di un'altra epoca.

Gli concedo la mia, gelida.

Ed è lí che inizia tutto, senza che io abbia il tempo di rendermene conto, senza che io possa fermare il corso degli eventi.

Mi viene in mente, naturalmente, la Bohème, *e la famosa aria della gelida manina. Non conosco il libretto a memoria e non potrei citarlo, ma siamo andati a vederla all'Arena di Verona. Io e lei. Sí. Voleva vedere il nuovo allestimento di Zeffirelli. Ed era splendido. Splendido. E splendida.*

La gelateria si trova in una piazzetta deliziosa, pavimentata di ciottoli a forma di pinolo disposti a spina di pesce, e incorniciata da filari di alberi bassi con le chiome a palloncino. Panchine di legno laccato di verde offrono ombra e fresco ai discorsi lenti di uomini con il cappello di paglia e il bastone e alle chiacchiere concitate di signore anziane, che di tanto in tanto buttano un occhio verso i nipotini scatenati che giocano a pallone contro il muro giallo della chiesa.

«Cono o coppetta?» mi chiede il gelataio.

«Coppetta» ordino decisa. «Nocciola, riso e... puffo!»

Alberto mi guarda incredulo. «Come sarebbe a dire puffo? È immondo!»

«Scherzavo» ribatto io. «Ti sembro forse una che può mangiare una schifezza simile? Volevo solo metterti alla prova.»

«Capisco. Per me un cono. Tutto puffo, grazie.»

Scoppio a ridere. Ordiniamo due gelati normali e cominciamo a fare due passi.

«Quindi mi dicevi che hai avuto un corteggiatore piccolo, blu e con un grande cappello bianco...»

«Non esattamente, ma capita a tutti un puffo ogni tanto.»
«Sempre meglio della vecchia zia acida.»
«Ovvero?»
«Una volta sono uscito con una ragazza che ha ordinato zuppa inglese e limone. Solo il pensiero mi fa ancora rivoltare lo stomaco.»
«Potremmo farli conoscere.»
«Perché no?» continua a ridere. «E tu? Sei fidanzata?» mi domanda a bruciapelo.
Sono incerta sulla risposta: non so se farmi desiderare o essere sincera. Opto per una mezza verità «No, ma c'è qualcuno nel mio cuore» dico pensando a Marco, le mie parole attraversate da una vena di tristezza.
Alberto la coglie e si fa serio «È finita male?»
«È finita e basta» taglio corto. «E tu?»
«Da solo da un mesetto.»
«Eravate insieme da molto?» Cerco di capire se è un tipo mordi e fuggi.
«Stavo con questa ragazza da tre anni» mi spiega. «Ma crescendo ci siamo allontanati molto.»
«È una tua coetanea?»
«Era una mia compagna di classe.»
«Non deve essere semplice convivere sui banchi di scuola.»
Lo penso davvero: per me sarebbe impossibile. Anche se so che, spesso, i ragazzi piú grandi hanno dei preconcetti nei confronti delle ragazze piú giovani. Alcuni cercano solo quelle piú vecchie perché sono piú mature, dicono. Per me, nonostante le riviste di psicologia usa e getta a cui si è abbonata Penny, la psicologia maschile è semplicemente assurda.

E non credere che l'idea non sia ricambiata. Anche perché noi, almeno per la maggior parte dei ragazzi che conosco, non ci abboniamo a riviste di psicologia usa e getta. Noi preferiamo dedurre la psicologia femminile da Playboy. *E questo dovrebbe spiegare un sacco di cose, credo.*

* * *

«Siamo entrati in crisi durante gli ultimi mesi di scuola» prosegue Alberto. «Poi sono arrivati gli esami, abbiamo studiato moltissimo e ci siamo visti poco.»

«Non potevate studiare insieme?» chiedo sorpresa.

«Avevamo metodi di studio diversi. Giulia ripeteva sempre a voce alta e mi disturbava.»

«Non significa che non foste compatibili.»

«I problemi erano altri, in realtà.»

«E chi dei due ha deciso?»

«Lei. Ha fatto scelte diverse, che hanno determinato la rottura definitiva. E cosí, eccomi qui.»

Per fortuna!, penso. «Mi dispiace molto» mento.

Lui si stringe nelle spalle. «Non poteva durare. E tre anni alla mia età sono già un buon record. Non trovi?»

«Immagino di sí» gli rispondo senza prendere una posizione precisa.

«Esistono poi le eccezioni» afferma lanciandomi uno sguardo carico di significati.

Arrossisco e cerco freneticamente un cestino in cui buttare la coppetta del gelato.

«Forse è meglio andare.»

«Va bene.»

Torniamo al diving, ma non c'è traccia delle mie amiche. Possibile che mi abbiamo abbandonato in paese? E adesso cosa faccio?

Alberto dice poche parole. «Non preoccuparti. Ti accompagno a casa io.»

«Come?»

Mi indica il mare.

«Sei già tornata in barca all'ora del tramonto?»

Deglutisco.

«È bellissimo.»

Immobile, in bianco, sembra una statua greca.

«Sei gentile.»

Al molo recuperiamo la sua barchetta a motore e prendiamo il largo. Non parliamo. La superficie appena increspata del mare rifrange le mille tonalità del sole al tramonto come un prisma in balia del vento.

La brezza, lasciato il caldo del giorno a riposare sulla terra, è fresca e dispettosa.

Branchi di piccoli pesci volanti affiancano lo scafo e si esibiscono in tuffi spericolati a cavallo delle onde che produciamo al nostro passaggio. Che meraviglia deve essere volare sull'acqua. Un senso di libertà senza confini.

Cosí per me quella sera.

La spiaggia è deserta, a parte un pescatore che sistema con gesti abili e precisi le reti vicino al suo capanno.

«Cosa ne dici di un ultimo bagno?» propone Alberto, fermando il motore.

«Volentieri.»

Il mare è tutto per noi. Alberto si tuffa per primo. Lo guardo allontanarsi in poche bracciate. Forse l'ho giudicato con troppa severità, mi dico. Non è cosí insopportabile come credevo. Lo seguo.

L'acqua ha una temperatura caraibica. È trasparente e calda. Alberto nuota fino a un grande scoglio bianco, che mi ricorda una balena. Moby Dick. La sua roccia levigata, appena sotto la superficie del mare, genera onde lunghe, dalle quali ci si può far accompagnare, scivolando sul fondo.

Alberto mi tende una mano e mi aiuta ad alzarmi in piedi.

«Stai attenta a dove cammini. Le patelle sono molto taglienti» mi avverte.

«Non ti preoccupare. Sono diventata un'esperta di questi scogli. Vedi, non metto nemmeno piú le scarpette di gomma» e sollevo il piede destro per mostrargli che è nudo.

Alberto lo afferra, mi prende in braccio e mi lancia in acqua un metro piú in là.

«Stavolta me la paghi!» lo minaccio non appena riemergo.

Si tuffa e mi raggiunge in due bracciate. Provo a mettergli la testa sott'acqua, ma credo che sarebbe piú facile affondare un transatlantico. I suoi muscoli guizzano, lucidi di sale. È forte e massiccio. Incontenibile.

Mi fa bere qualche litro di acqua salata e io rido, provo a reagire, e finisco di nuovo sotto. Alberto smette di giocare prima di diventar fastidioso. Torniamo a riva, dove recuperiamo le nostre cose abbandonate sulla spiaggia.

«Allora ciao.» Mi sorride e mi bacia dolcemente sulla fronte.

Rimango imbambolata a guardarlo.

«Ciao. E grazie del gelato» mi sforzo di dire. «E di avermi riaccompagnata.»

«Che è stato un piacere lo sai già.» Gli sfugge una carezza veloce. «A domani.»

Poi si allontana senza voltarsi verso il fondo della spiaggia, oltre il canneto. Di là, un sentiero opposto al mio arriva a casa sua, oltre il promontorio.

Io percorro tutta la spiaggia nell'altra direzione, passo accanto al rimessaggio delle barche e imbocco il mio sentiero, con il cuore in subbuglio e la mente confusa.

Rivolgo l'ultimo sguardo al mare, al grande scoglio sommerso e alla barca di Alberto.

Sorrido ripensando alla giornata, ma non vado oltre.

Il paguro è uscito dalla sua conchiglia, ma solo per poco. Ora rientra nel suo rifugio, al sicuro.

12

La sirena

Giorno nuovo, e sole alto nel cielo. La spiaggia è già piuttosto affollata. Ci sono tutti: Daniele si esibisce in pole position sullo scoglio dei tuffi, Carry prende il sole distesa sui sassi della spiaggia, Enrico (quello che era vestito di nero) e suo fratello Giovanni (quello che ha preso a sassate un altro bambino) parlano animatamente vicino al canneto, e la povera Camilla è avvolta nel suo pareo bianco, con il suo enorme cappello di paglia in testa. Controlla con rassegnazione che il suo pestifero fratellino faccia un bagno tranquillo lontano dai pericoli.

Penny, invece, approfittando dell'assenza dei genitori, è già comodamente spaparanzata sul suo scoglio preferito, un po' in disparte, per prendere il sole in topless ed evitare cosí i segni del costume, che proprio non sopporta.

Si è cosparsa con cura tutto il corpo di olio solare al cocco, tranne il viso che, dice lei, preserva dalle rughe con una crema protettiva, di quelle da duecento euro al milligrammo. Cuffiette dell'iPod – ovviamente il Nano da 30 Gb – e finalmente si distende, unta come una foca e con la sua musica preferita nelle orecchie, pronta a catturare tutti i raggi solari della giornata e a rosolarsi come una bistecca.

Mi avvicino a lei e sento che sta canticchiando qualcosa.

«Diventerò una star...»

I Finley, è ovvio!

«Penny?» la chiamo toccandole con delicatezza un braccio per non spaventarla.

Lei si toglie le cuffiette dalle orecchie e mi guarda. Sembra che non dorma da giorni.

«Ehi! Ho grandi novità!» mi saluta.

«Cioè?»

«Sai ieri, la discoteca?»

«Scusa se non sono venuta. Ero distrutta... per via del brevetto.»

«Nessun problema. Sono andata con i miei amici piemontesi.»

«E a che ora sei tornata? O meglio, sei tornata?»

Lei crolla di nuovo sullo scoglio. «Alle sei questa mattina. Almeno credo. Ho un sonno!»

«Ci credo. E loro? Ti hanno riaccompagnata fino a casa a quell'ora?» domando stupita.

«Veramente sono venuti a prendermi in spiaggia. E qui poi mi hanno riportato.» Con gli occhi chiusi, gesticola per sottolineare la sua tipica inflessione snob che assume quando sta per vantarsi di conoscenze importanti.

«Quindi sei andata via in barca? Stupendo!»

«Be', piú che barca... lo chiamerei yacht.»

Eccola arrivata al punto. Rido tra me e me.

«Insomma, com'è andata? Racconta. Voglio un report dettagliato.»

Lei spalanca gli occhi e si mette di fianco, pronta a spararmi le sue confidenze. «Bene. I ragazzi sono molto simpatici. Le ragazze abbastanza, a parte una smorfiosa torinese che si crede la Canalis solo perché qualcuno le ha detto che le somiglia. Di sicuro per ottenere qualcosa in cambio, ma lei è troppo cretina per capirlo. Comunque, il gruppo non è male.»

«Età media?»

«Direi sui ventidue. A parte lo skipper, che è un trentenne. Un figo pazzesco!»

«Sí, ma forse un tantino maturo...» osservo, anche se so già che con Penny è inutile parlare di certe cose. Se le piace qualcuno, non si ferma di fronte a niente.

Io non ho mai saputo dire con esattezza la mia età e non ho mai chiesto quella delle altre persone, per cui sono un assoluto disastro a rispondere a quelle domande tipo: quanti anni mi dai? Non so che cosa si aspetta esattamente di sentirsi dire la persona che me l'ha posta. Direi che è un finto problema, no?

«In ogni caso sono stata tutta la sera con Mattia.»

«Mattia.»

«Alto, moro, con la carnagione scura. È molto carino, e anche divertente...» Non completa la frase.

«Ma?» la aiuto io.

«Non si capisce cosa faccia. È iscritto all'università, ma mi ha raccontato di essere sempre in viaggio. Il padre ha una grande azienda che importa caffè.»

«Forse lavora con lui?» ipotizzo.

«Non credo. Si interessa di musica. Mi ha fatto ascoltare dei pezzi da sballo!»

Penny prova inutilmente a citarmene qualcuno. Si esalta sempre quando frequenta persone che sanno tutto di musica, gente e locali. Le sembra di essere lei, sulla cresta dell'onda. Di essere avanti.

«E poi...» prosegue «bacia divinamente!»

«L'hai già baciato?!»

«Sicuro, certe cose bisogna saperle subito.»

«Ma...»

«Metti il caso che ci esca per qualche sera e poi scopra che, pur essendo molto carino, è una frana totale. Sarebbe una perdita di tempo incredibile.»

Detta da lei, sembra la cosa piú logica del mondo.

«E poi, scusa, tu dovresti saperlo. Anche tu hai baciato Daniele, che detto tra noi, bacia da Dio. O mi sbaglio?»

Arrossisco e mi pento con tutta me stessa di averglielo raccontato. «È lui che ha baciato me. E comunque non è stato un vero e proprio bacio.»

«E cos'è stato?»

«Poco piú di un bacio... sulla fronte.»

Il pensiero di Alberto si fa largo nella mia mente. Immagino le sue labbra e il profumo della sua pelle. Non so il perché, ma comincia a occupare spazio.

In quel momento, sentiamo delle grida provenire dalla spiaggia.

«Mi ha punto! Che male! Mi ha punto!»

E vediamo Camilla uscire dall'acqua agitandosi come una tarantolata.

Penny si infila una maglietta e corriamo a vedere.

Camilla è a terra dolorante.

«Cosa è successo?» m'informo subito.

«Una medusa. Mi ha preso qui sul braccio» spiega lei piangendo e mostrandomi il gomito destro.

Ha una brutta striscia bianca che si sta gonfiando a vista d'occhio, contornata da una chiazza rossa e pulsante.

«Deve averti colpito con un tentacolo bello grosso» osservo in base alla mia lunga esperienza di punture di medusa.

Carry arriva di corsa con uno stick all'ammoniaca.

«Metti questo!» ordina perentoria.

Camilla lo applica immediatamente sulla zona interessata. Io prendo un fazzolettino di carta e fascio il gomito meglio che posso.

«Tienilo cosí per un po' con la mano e vedrai che passa.»

«Grazie, ragazze» singulta Camilla. Il pensiero di quella pelle cosí delicata ustionata dalla medusa mi fa rabbrividire. Chissà che dolore!

«Quindi ci sono meduse, oggi» osserva Penny.

«Dove ti trovavi quando ti ha punto?» domandiamo a Camilla.

Lei stende debolmente un braccio. «Là, vicino a quegli

scogli. Sono entrata in acqua per aiutare Vincenzo che era rimasto bloccato su uno scoglietto circondato da meduse.»

Mi figuro la scena di quella piccola peste che salta e urla sullo scoglio per richiamare soccorso, e non posso trattenere una risatina.

«Sono riuscita a raggiungerlo saltando da uno scoglio all'altro, ma non appena l'ho recuperato, ho perso l'equilibrio e sono finita in acqua.»

«Oddio! E Vince?»

«Sarà tutto ustionato!»

«Macché!» racconta lei. «È schizzato fuori dal mare completamente indenne.»

Guardo la sua faccia di luna pallida, l'eczema di intolleranza alla muta subacquea e il gomito fasciato. Povera Camilla! È una vera sfortuna che una ragazza tanto dolce e solare debba vivere imprigionata in un corpo di vetro.

Credo che da questo senso di inadeguatezza nasca anche la sua profonda timidezza.

Io conoscevo un ragazzo che mi ricorda Camilla. In quel caso, però, una fantasia inarrivabile era imprigionata in un corpo brutto e sgradevole, a cui non avresti concesso la minima possibilità. E invece, nelle serate tranquille, quando non si era in troppi e non c'era nessuno di sconosciuto a turbarlo, il mio amico ci apriva il suo regno incantato, pensato per metà a scuola e per metà al lavoro (dato che la scuola non gli era andata bene) e poteva incatenarci con le sue parole fino al mattino, come in un sogno. Gli sono debitore di alcune delle notti piú belle della mia vita. E da allora credo che la timidezza sia come uno scrigno che protegge tesori preziosi e fragili, che si deve aver voglia di scoprire.

13

Le meduse

Spicchi gialli e verdi di ombrelloni, rettangoli fucsia e azzurri di teli, rosa di corpi distesi e in movimento. Verde su verde di macchia mediterranea. Blu e turchese di acqua cristallina. Bianco lunare di sassi. Questa la spiaggia, se fossi il gabbiano che immobile sulle nostre teste sembra guidato dai fili di un burattinaio celeste.

Penny e Carry chiacchierano di segni zodiacali. Camilla si è addormentata, vinta dalla stanchezza e dallo stress. Io mi guardo intorno, inquieta.

«Ciao» esclama una voce alle nostre spalle.

È Alberto. Ha pantaloncini e polo blu essenziali, un Eastpack bianco sulla spalla destra e gli Oakley sportivi tra i capelli. È un vero schianto.

«Ciao, Albe» lo saluta subito Penny, alzandosi per dargli due bacini.

Io rimango seduta con Camilla, che ha aperto un occhio.

«Ti sei fatta male?» chiede lui, notando il gomito fasciato e il suo viso stravolto.

«Mi ha punto una medusa.»

«Ho sentito.»

«Oggi hanno invaso il mare!» specifica lei, ormai sveglia, con tono apocalittico.

«Possiamo organizzarci con dei retini e catturarne un po'» suggerisce Daniele, ancora grondante di acqua e fiero dei suoi ultimi tuffi.

«E dopo che le hai pescate?»

«Puoi fare uno scherzo a qualcuno. O comunque puoi ucciderle.»

Camilla si fa improvvisamente seria e complottista. Sembra che una perfida vendetta le stia baluginando in mente. «Sí» sibila. «Lasciatele a me!»

«In che senso?»

«Voglio sterminarle, queste maledette.» Si guarda intorno e poi domanda a Carry: «Mi presti il tuo canotto, per piacere?»

«Sí, ma...?»

«Grazie» taglia corto Camy con la freddezza di un killer. Si alza spietata e si dirige verso la piccola imbarcazione.

Poi carica a bordo secchiello e retino, spinge il canotto in mare, ci sale sopra e comincia a remare. Carry, in evidente stato di preoccupazione, controlla le manovre dalla battigia come una piccola vedetta.

Il tutto dura meno di un minuto.

«Bene. Io ritorno al mio scoglio» dichiara Penny, sguardo ammiccante. «A dopo, Albe.»

Lui le rivolge un cenno. Io mi accorgo che li sto fissando e cerco di distogliere lo sguardo. Mi ritrovo a guardare Daniele, che fa un gesto di disappunto e segue Penny. Mi sento un improvviso nodo in gola. Dalla sera del bacio l'ho sempre evitato per non mettermi nella condizione di doverlo respingere ancora. Credevo che dopo gli ultimi sms avesse capito. E invece sembra avercela con me. Non è scattato il click, tutto qui. Non si comanda al cuore.

Alberto si siede vicino a me. «Posso?»

«Certo» rispondo imbarazzata. Perché mi imbarazza tanto stare sola con lui?

Lui mi guarda e sorride, come se mi leggesse i pensieri. «Finalmente soli.»

«Oggi sarà difficile fare il bagno» osservo.

«Sembra di sí. Ma c'è una soluzione, se vuoi.»

Mi incuriosisce. «E quale?»

«Ti porto fuori con la barca. E cerchiamo un posto tranquillo.»

«E come facciamo con le meduse? Saranno ovunque.»

Lui scuote il capo. «Le meduse si spostano con le correnti, perciò non sono ovunque.»

Aspetta una mia risposta.

Non ho esitazioni.

«D'accordo.»

In giro in barca... da soli... e alla sola idea il mio cuore batte fortissimo.

Persa nei miei dolci pensieri rivolgo lo sguardo al mare, sul quale il traghetto di mezzogiorno ha alzato alcune onde irregolari. Poi guardo il canotto giallo di Carolina. Camilla sta armeggiando con il retino, quando, improvvisamente, lancia un urlo agghiacciante.

«Aiutoooo! Aiutooo!»

Le onde hanno minato la stabilità dell'imbarcazione e rovesciato sul fondo del canotto il secchiello pieno di meduse appena catturate. Dalla potenza delle urla di Camilla suppongo che ne avesse già prese parecchie e che la loro massa urticante abbia trasformato l'interno del canotto in una trappola mortale. Camilla deve decidere se siano peggio le meduse fuori dal canotto o quelle dentro al canotto.

Si tuffa in acqua rapida come un pesce rosso suicida che balzi fuori dalla sua boccia.

«Venite a prendermi!» grida disperata. «Venite a prendermi!»

Penny si alza dagli scogli e Daniele guarda la scena divertito, senza muovere un dito. Bel disgraziato!

«Aspettami qui» scandisce invece Alberto, glaciale.

Spinge la barca e raggiunge Camilla. La issa a bordo come se fosse una bambola di pezza e la riporta, sana e salva, a riva.

È piena di strisciate di tentacoli e di teste di medusa tatuate ovunque, come dopo una performance di body painting!

«Stai tranquilla, Camy» provo a dirle, mentre lei piange come una fontana.

Con l'aiuto di Carry la distendiamo sul telo e cominciamo a ricoprirla di stick all'ammoniaca.

«Poverina» commenta Carry sottovoce. «È un disastro!»

«TI HO SENTITO!» ulula lei, senza smettere di piangere per il dolore.

Intanto Alberto è tornato in mare. Ha recuperato il canotto e l'ha riportato sulla spiaggia.

«Come va?» domanda, tranquillo.

Ha il polso segnato da un tentacolo, ma non sembra nemmeno accorgersene.

«Forse è meglio rimandare a dopo il nostro giro, che ne dici?» sorride. «Prima vediamo come sta Camilla.»

Lo guardo ammirata. Ho davanti a me un uomo. È la seconda volta che lo vedo reagire a un pericolo nel modo giusto.

Senza fare troppe domande, senza esitare, fa quello che deve fare.

Non c'è nulla che lo spaventi e sa tantissime cose.

Mi dà sicurezza.

Mi hanno detto che, invece, quelli come me non ne danno alcuna. Ho un lavoro che non è un lavoro e cambio spesso opinione sulle persone che mi circondano. Le cose spaventose mi spaventano. Le cose curiose mi stimolano migliaia di domande. Non faccio mai quello che devo fare. E mi muovo quando invece sarebbe meglio restare fermi. So di non sapere piú cose di quelle che so (e questo mi atterrisce). Credo che non riuscirei a scambiare piú di due parole con un 'vero' uomo come Alberto. Niente sicurezze, Greta. Non ce ne sono mai.

14

Le patelle

Sono quasi le due e mezza. Nonostante i miei piani fossero di rimanere in spiaggia, l'episodio di Camilla e, soprattutto, la frittura di alici della nonna, mi hanno convinto a tornare a casa per pranzo.

I contadini che abitano dietro al promontorio hanno regalato a papà una bottiglia di vino bianco, che assaggio e mi fa girare immediatamente la testa.

Il risultato è una doppia pesantezza: un corpo e una testa annebbiati che tentano di trattenere il cuore che altrimenti se ne sarebbe volato via già da un pezzo.

Cambio il costume e ne scelgo uno bianco, con il ricamo di conchiglie sullo slip. Sopra metto il vestitino di cotone bianco, corto e scollato, stile anni Settanta.

Non voglio scendere in spiaggia troppo presto, per non dare ad Alberto l'idea di corrergli incontro, quindi mi sdraio sul letto e ascolto un po' di musica. Seleziono dal menu del Nano *Solo lei mi dà* e mi perdo in un sogno a occhi aperti: Alberto e io siamo su una spiaggia sconfinata, mano nella mano. Lui mi guarda e sorride. Mi tira a sé e mi stringe forte. Poi mi accarezza una guancia e mi bacia. E, mentre lo bacio... Alberto assume i lineamenti di Marco.

Mi sveglio di colpo, controllo l'orologio e decido di andare.

Scrivo un sms a Penny per avvisarla dell'uscita in barca, ma non faccio in tempo a inviarlo che me ne arriva uno suo.

Ciao, scusa ma sto 1 skifo :(((Nn scendo. C vediamo + tardi. Xxx penny

Ecco cosa succede con gli stravizi notturni!

Il nonno è sceso in spiaggia. Saluto la nonna e mio fratello, dopodiché raggiungo il bivio del sentiero e intravedo Alberto che sta scendendo qualche curva piú sotto. Ma cosa ci fa lí? Questa non è la strada che fa di solito per scendere da casa sua. Rimango a osservarlo e credo di immaginare cosa è successo: Alberto ha pensato di venirmi incontro, ma poi ha cambiato idea. Forse allora, mi dico, non è cosí sicuro di sé come vuol far credere.

Aspetto che lui raggiunga la spiaggia, poi mi avvio, soddisfatta della mia intuizione. Quando raggiungo la sabbia, intravedo mio nonno sul fondo e sento delle grida. Enrico che sta picchiando il fratellino Giovanni. E sembra furioso.

«Ehi!» esclamo e faccio per dirigermi verso di loro.

Ma una mano mi blocca.

È Alberto.

«Lasciali stare» sussurra. «Quei due non sono tanto a posto di testa.»

«Ma lo sta ammazzando di botte!»

Alberto mi fa strada fino al rimessaggio delle barche.

«Giovanni, però, ha riempito di pipí il suo fucile ad acqua, e poi l'ha svuotato sul fratello.»

Mi porto una mano alla bocca spalancata. «Cavoli!»

«Carino, no?»

Ora guardo il pestaggio sotto un'altra luce. «Anche se non ci trovo niente di comico» dico. «Giovanni ha solo otto anni ed è già un mezzo vandalo. A venti darà fuoco a casa?»

Alberto non si scompone. «A questo ha già pensato Enrico, che è stato beccato con una scatola di fiammiferi e una tanica di benzina. La madre l'ha riempito di botte e l'ha chiuso in casa per due settimane.»

«Sani metodi educativi. Poi ti stupisci dei genitori assassinati.»

Alberto smette di trafficare con la barca e mi dice, duro: «Senti. Possiamo parlare di Enrico e Giovanni per tutto il giorno oppure possiamo cambiare argomento. Mi pare che volessimo andare a cercare una serie di calette da esplorare!»

Il suo tono è duro, non ammette repliche. Lo trovo cinico, non sono d'accordo, ma credo di dover limitare la mia propensione a dare giudizi inappellabili.

Dopotutto, vorrei solo godermi la giornata.

Metto la mano destra sopra la sinistra per formare una 'T'. «Okay. Time-out. Posso aiutarti?»

«È già tutto fatto.»

Alberto recupera la sua barchetta, la spinge in mare e mi fa segno di salire. Alcune meduse sciamano attorno alle sue gambe, ma lui non sembra avere problemi.

Una volta protetta da quel fragile guscio di legno, mi affaccio dal bordo e saluto il nonno, che però sembra crollato sotto il peso del suo maxi-libro sul paesaggio. Controllo la situazione del mare: l'acqua è piena zeppa di meduse, senza un centimetro libero. Galleggiano leggere e aggraziate con qui loro corpi gelatinosi rosa e bianchi, ondulanti al minimo movimento dell'acqua. Sembra impossibile che siano cosí pestilenziali.

«È come un tappeto!» esclamo. «Pensi che altrove la situazione sia migliore?»

«Fidati di me.»

Rimango in silenzio e mi volto verso prua.

Mi fido.

Dopo una ventina di minuti di navigazione, raggiungiamo una caletta molto tranquilla, inaccessibile dalla strada, dove grandi massi pianeggianti di pietra chiara si accavallano uno sull'altro fino a formare quella che sembra un'enorme scala per giganti.

L'acqua pare profonda, ma è trasparente e pulita: e non c'è nemmeno l'ombra di una medusa.

«Ci sistemeremo là» decide Alberto indicandomi uno degli scogli piú bassi, sormontato da un pietrone che gli fa da tetto e offre anche un po' di riparo dal calore del sole.

«Perfetto. Dimmi cosa devo fare.»

«Prendi questi e cerca di tenere la barca lontana dagli scogli» e mi mette in mano i remi.

Lui prende la cima dell'ancora e lancia il pesante ferro uncinato qualche metro piú in là. Dico un grazie mentale a Marco e alle uscite in barca in cui mi ha insegnato cos'è un remo, sottraendomi cosí all'etichetta di ragazzina imbranata.

«Ottimo!» Alberto scende per primo sullo scoglio affiorante. Gli passo asciugamani e zaini, che lui appoggia poco piú in là per poi sparire dietro la grande roccia bianca.

Ora è il mio turno.

Decido, non so bene perché, di saltare giú dalla barca, e di fare un grande balzo sullo scoglio, senza guardare.

Atterro sulla pietra appena sotto l'acqua e sento come uno strappo silenzioso. Ma non ci bado. La superficie dello scoglio è scivolosa, rivestita di alghe come cera sul marmo. Ma tra quelle alghe, taglienti come bisturi, ci sono file e file di patelle di mare.

Faccio ancora un passo, cercando di non dare un nome alla sensazione che sento turbinare lungo la mia caviglia, la gamba e infine lo stomaco, poi una chiazza rossa, simile a una medusa, comincia a espandersi vicino al mio piede sinistro. Appena metto il piede fuori dall'acqua, tingo di rosso anche lo scoglio. E a quel punto non ho scelta: devo dirlo ad Alberto, prima di morire dissanguata.

«Alberto?» lo chiamo.

Lui compare da dietro uno scoglio piú alto.

«Sono qui.»

«Credo di essermi ferita.»

«Come ferita?»

«Non so.»

«Scendo!»

Mi raggiunge in pochi secondi, mi fa sedere e osserva la pianta del piede.

«Però. Hai fatto le cose in grande!»

La sensazione nello stomaco mi invade di colpo tutta la testa, non so se per il sangue che ho perso o per la suggestione di veder tingere di rosso ogni cosa che entra in contatto con il mio piede.

Svengo.

Riprendo i sensi subito dopo, e mi ritrovo bagnata fradicia. O sono caduta in acqua, o mi ha bagnato lui, per farmi svegliare.

Alberto mi prende tra le braccia e mi avvolge con il suo telo per scaldarmi, quindi mi aiuta a sdraiarmi piú in alto sullo scoglio, e mi lava la ferita. Poi mi fa una fasciatura improvvisata con dei fazzoletti di carta e un pezzo di rete da pesca. Mi sistema entrambi gli zaini impilati sotto la gamba in modo che stia sollevata, e si siede accanto a me.

«Ti fa male?» mi chiede.

Devo pensarci.

«No, sento il piede pulsare e tutto il resto della gamba informicolato. È una brutta ferita?»

Prego che non mi serviranno dei punti.

«Ne ho viste di peggiori. Comunque è meglio che te la faccia vedere da un medico.»

Mi sdraio, esausta.

Alberto si stende al mio fianco appoggiandosi a un gomito. Mi accarezza la testa, poi il viso e mi ripete di non preoccuparmi.

«Buongiorno» dice quasi in un sussurro.

Cerco di capire chi sono e cosa sto facendo. Sbatto le palpebre.

«Scusa, devo essermi addormentata.»

Alberto è tranquillo e ha sempre una spiegazione per tutto «È lo stress da ferimento. Capita. Come ti senti?»

«Meglio, grazie. Vorrei sollevarmi e mettermi seduta. Mi aiuti?»

«Certo.»

Mi avvolge in un tenero abbraccio e mi solleva. Senza il suo sostegno la mia testa crollerebbe a picco sulla roccia.

«Fai con calma» mi tranquillizza. «La testa gira.»

È vero. Sta girando. Seguo il suo consiglio e, piano piano, ce la faccio.

«Mi hai spaventato, sai?» mi dice poi lui, guardandomi con occhi grandi e dolci.

«Davvero? Eri preoccupato per me?» Faccio la classica domanda retorica per sentirmi ripetere una cosa carina.

«Sí, davvero. Tengo molto a te, Greta.»

Il respiro si blocca nel petto e lo stomaco si stringe sprigionando le migliaia di farfalle che non sentivo piú dai tempi di Marco.

Alberto mi prende con delicatezza il mento con la mano e lo conduce verso il suo viso. Non oso sollevare lo sguardo per paura di ciò che sta per accadere, cosí tengo gli occhi abbassati. Sento il suo respiro avvicinarsi, sempre di piú, fino a eliminare ogni distanza.

L'aria tutto intorno è densa. Se allungassi una mano potrei toccare l'energia che scorre tra di noi. Il suo bacio dolce e tenero mi trasporta fuori dal tempo, permeandomi di un calore totale. I miei occhi chiusi sono inondati dell'oro di un sole dritto davanti a me. Immobile, mi lascio cullare da quel flusso di sensazioni, dalla corrente di un amore nuovo, che sembra sgorgato dalla sua sorgente piú pura.

Sono in paradiso.

Non saprei dire quanto sia durato. Ci separiamo, frapponendo qualche centimetro fra le nostre labbra.

«Sei splendida» mi sussurra guardandomi fisso negli occhi.

Non arrossisco, non rispondo 'Anche tu', non faccio nulla.

Alberto non smette di accarezzarmi i capelli, poi il viso, il collo. Le sue dita delicate sfiorano la linea del costume, giú lungo le cuciture di un triangolino, poi di nuovo su, fino al collo. Un brivido lungo la schiena ferma il cuore, sul punto di scoppiare.

Mi sto innamorando?

Alberto si alza, la mia mano sempre nella sua. «Sarà meglio andare, prima che i tuoi comincino a preoccuparsi.»

«Sí, andiamo» rispondo stringendo piú forte la presa.

«Ti sostengo io. Tu cerca di non appoggiare il piede.»

Raggiungiamo il punto del mio sbarco avventuroso, e lui mi dice, con un sorrisino ironico: «Vado a prendere la barca. Non muoverti!»

«Ah, ah, ah» replico, cominciando ad avvertire una sottile complicità.

Mi fa salire a bordo. Al contatto con l'acqua, la pianta del piede ha ricominciato a sanguinare. Mi sistemo in barca con la gamba appoggiata sul bordo in modo da non sporcarne l'interno e Alberto avvia il motore.

Facciamo rotta fino a casa.

Poco prima di oltrepassare l'ultimo promontorio, rallenta fino a fermarsi.

«Cosa ne dici di sciacquare un po' la ferita? Vista cosí sembra molto piú grave di quello che è» suggerisce.

Annuisco e lui mi prende piano la caviglia. Mi lava il piede sollevando con la mano destra piccole quantità d'acqua che poi mi riversa sulle dita e sulla pianta in piacevoli cascatine. Lo guardo. Mi sento curata e protetta.

«Grazie» mi limito a dire, intendendo completare con lo sguardo tutto ciò che a parole mi riesce impossibile esprimere.

Una volta terminato l'accurato lavaggio, riprendiamo il mare.

* * *

Sulla spiaggia, Alberto tira in secca lo scafo piú che può. Quindi mi solleva di peso e mi prende in braccio sotto gli occhi sbigottiti dei ragazzi e soprattutto del nonno. Anche Tommy, che l'ha raggiunto per tenergli compagnia, smette di leggere per assistere alla scena.

«Cos'è successo?» chiede il nonno.

«Solo un piccolo incidente» minimizza Alberto. «Non si preoccupi»

«Ti sei tagliata!» osserva perspicace mio fratello. «E tutto quello è sangue...» prosegue, non contento.

«È solo un taglietto.»

Ben presto accorre tutta la spiaggia.

«Cosa sta succedendo qui?» sgomita Penny, che deve sempre essere informata per prima degli ultimi eventi. Alla fine è scesa anche lei, osservo.

«Ciao Penny» la saluto. «Mi sono tagliata sugli scogli. Per fortuna c'era Alberto.»

Cerco di non rimarcare il fatto che mi trovavo con Alberto, ma non posso farne a meno. Sono ancora in braccio a lui.

«Ah, sí, per fortuna...» ribatte lei, senza convinzione.

«Ti fa male?» mi chiede Camy, preoccupata. Che carina: ha metà del corpo ustionato dalle meduse e pensa alla mia ferita.

«Un po', ma poteva andare peggio» cerco di sdrammatizzare.

«Certo. Sarebbe potuto arrivare uno squalo!» esclama Tommy, incredibilmente spiritoso.

Scoppiamo tutti a ridere.

Quasi tutti, perché il sorriso di Penny ha come una nota falsa.

Alberto mi porta in braccio per tutto il sentiero, fino a casa.

«Ecco a voi la moribonda» fa lo spiritoso con papà, quando ci viene incontro.

«Grazie di averla riaccompagnata.»

«Nessun problema» risponde lui, mentre mi adagia sulla sdraio.

Appena ha le mani libere, stringe quella di papà. «Alberto.»

«Kristofer. Molto piacere.»

Guardo i miei due uomini con soddisfazione e gratitudine. Alberto mi tiene la mano, mentre papà mi medica, facendomi una ramanzina interminabile sulle scarpette di gomma.

«Mi si abbronza il piede a strisce!» protesto, poco convinta. «Non le metto.»

«Brava, cosí invece che a strisce te lo fai a fette!» ribatte lui, senza ironia.

Alberto e io, invece, troviamo la battuta divertente e ridiamo, sempre piú complici.

Sulla terrazza ci sono minuscole macchie scure, piccole goccioline che mi piace immaginare si riferiscano a quel pomeriggio. Le ferite, grandi o piccole, lasciano sempre tracce dietro di sé.

15
Il polpo

La ferita al piede cambia la mia vacanza. Tommy mi ha ceduto la stanza al piano terra e io, anche se a malincuore, ho lasciato il mio oblò. Le serate di partite a carte con i nonni si alternano a lunghe chiacchierate in terrazzo sotto le stelle con quello che mi sembra il ragazzo piú meraviglioso del mondo.

«Vedi quella stella là, verso sinistra?» mi chiede Alberto puntando il dito verso il cielo.

«Quella a luce intermittente?»

«Sí, se tracci una retta che unisce quella e le sue vicine, lí sulla destra, arrivi al carro. Lo vedi?»

«Sí, eccolo.»

«Vedi il suo braccio? Somiglia a un carro tirato dai buoi. Conta le stelle, quante sono?»

«Sette.»

«*Septem triones*. I sette buoi, da cui il nostro settentrione.»

Lo ascolto ammirata. E vorrei che non smettesse mai di parlarmi.

«E quello luminosissimo laggiú? Come si chiama?»

«Quello è Venere. Si chiama anche Lucifero, come prima stella del mattino o Espero come ultima stella della sera.»

«Sí.»

«E non è una stella. È un pianeta. Ma è comunque l'astro piú luminoso del sistema solare, fatta eccezione per il Sole e la Luna.»

«Quanto può essere grande? Da qui sembra cosí piccolo!»

«Quasi quanto la Terra.»

«È grandissimo.»

«Non molto. Ma è il lato affascinante delle stelle: pensa a quanto si può conoscere di un piccolo puntino luminoso. E a scuola in pratica non le studiamo mai. Ed è un peccato, perché sono cosí interessanti...»

Mentre parla i suoi occhi luccicano per la convinzione e la passione di ciò che dice.

Mai quanto te, vorrei dirgli, ma non oso sbilanciarmi.

A tre giorni dal mio piccolo incidente decido di invitare Alberto a cenare con noi. Ne ho parlato con i miei e sono tutti d'accordo.

La nonna mi ha addirittura rimproverato «Avresti dovuto sdebitarti prima. È stato cosí gentile a portarti fin quassú in braccio!»

Sorprese della vita! E io che pensavo che sarebbe stata l'osso piú duro da convincere.

«Ma...» provo a ribattere.

«Ma niente. Noi ti abbiamo educata in un certo modo, Greta. E ti prego di non dimenticarlo.»

E come faccio a dimenticarlo? Pranzi e cene con i libri sotto i gomiti e scalini su scalini con un pesante dizionario sulla testa. E ora che ho un portamento da fare invidia alla regina Elisabetta... il principe dov'è?

Mando un messaggino ad Alberto:

Ti andrebbe di venire a cena da me stasera? La nonna cucina molto bene...

E lui:

Volentieri! Ieri ho catturato un polpo fantastico. Posso portarlo?

Mi consulto con i nonni. «Un polpo?» si incupisce subito lei. «Speriamo l'abbia sbattuto sugli scogli o l'abbia fatto frollare.»

«È un ragazzo in gamba» dice il nonno. «Lo saprà anche meglio di te.»

«Digli di portarlo» si arrende la nonna. «Ma di venire su un po' prima, cosí abbiamo il tempo di cucinarlo.»

È un pensiero carino. Grazie! Ti aspetto verso le sette. Un bacio.

Perfetto. A dopo. A te uno di piú.

Le giornata trascorre leggera. Il piede mi costringe a zoppicare in casa, nella prigionia piú piacevole che si possa desiderare.

Le sette arrivano in un lampo. E cosí Alberto.

«Buonasera» mi saluta spuntando dalla scalinata.

«Ciao» gli rispondo, felice di vederlo.

Con il suo aiuto mi alzo dalla sedia a sdraio e raggiungo la cucina, saltellando sul piede sano.

«Nonna! È arrivato Alberto» comunico.

«E il polpo!» aggiunge lui.

Ci guardiamo sorridendo.

La nonna di stasera è al massimo della sua eccentricità: ha un magnifico caftano di lino bianco lungo fino ai piedi, infradito dello stesso colore e una collana di corallo rosso, grezzo, alternato a pietre dure di diversi colori. I capelli sono lunghi, gonfi e morbidi.

Vorrei aiutarla con il polpo, ma sto in piedi a fatica e poi, a dirla tutta, non credo che sia necessario: la sua insalata di polpo è la migliore che abbia mai mangiato.

* * *

Ceniamo nella sala grande, per agevolare i miei spostamenti.

«Siediti pure lí, Alberto.» Il nonno gli indica la sedia vicino alla mia.

E ci ritroviamo finalmente tutti intorno al tavolo, con l'eccezione della nonna che, come sempre, traffica in cucina e di rado riesce a stare seduta per piú di cinque minuti consecutivi. È come se il desiderio che tutto sia perfetto le battesse di continuo sulla spalla, ricordandole le sue responsabilità di ospite.

«Che profumino!» esclama Alberto mano a mano che i piatti arrivano dalla cucina.

Tommy è un cameriere un tantino distratto.

«Tommy? Le posate di portata!» ricorda la nonna. «Le hai dimenticate. E prendi anche il pane, è qui sulla mensola.»

Mio fratello fa avanti e indietro dalla cucina come una trottola fino a che tutto è in tavola, e solo allora si siede.

«Complimenti, signora. Questi spaghetti sono eccezionali» la lusinga Alberto.

«Le triglie erano freschissime. Le ho scelte personalmente» spiega la nonna.

«Sí, è davvero ottimo» aggiunge papà, che esprime il proprio apprezzamento per i piatti sempre e solo con 'ottimo'.

E quando arriviamo all'insalata di polpo, è a dir poco eccezionale!

«Qui sono necessari i complimenti al pescatore» esordisce il nonno, sollevando il bicchiere di vino bianco.

Brindiamo tutti allegramente, facendo attenzione a non incrociare i bicchieri e a guardarci dritti negli occhi. E gli occhi di Alberto sono due gemme infuocate.

«Pratichi da molto la pesca subacquea?» gli chiede papà.

«Da quando ero piccolo. Ho sempre amato nuotare e già a sei anni facevo lunghe esplorazioni dei fondali con la maschera.»

«Quanto riesci a scendere, in apnea?» si informa Tommy che ha la passione dei dati.
«Intorno ai dodici metri. Dipende.»
«Caspita!» esclama stupito mio fratello.
«Anche se, devo ammettere, preferisco immergermi con le bombole. È molto piú spettacolare.»
Ripenso alle immersioni con un pizzico di nostalgia.
«Spero di poter ricominciare presto anch'io» dico un po' abbattuta. «Non mancano poi troppi giorni alla partenza...»
«Tranquilla, Greta. Se non sarà cosí organizzeremo un gruppo a settembre. Magari in Croazia.»
Alberto cerca di sollevarmi il morale.
E ci riesce. Sorrido. «D'accordo!»
Non sono mai stata in Croazia...

La cena scorre via allegra, tra vecchi aneddoti del nonno e battute di Alberto. È un Alberto piacevole, che vuole piacere alla mia famiglia con la gentilezza dei modi, i complimenti e le attenzioni nei miei confronti.
Supera la prova a pieni voti.
Non si trattiene molto dopo. Deve raggiungere un amico rimasto 'a piedi' con la macchina.
Che gentile, penso, mentre gli do il bacio della buonanotte.

E io invece penso: piccola Greta.

Due giorni dopo viene a trovarmi anche Camilla, ormai guarita dalle sue numerose ustioni. Mi porta un magnifico regalo: la piú completa enciclopedia di fauna e flora marina del Mediterraneo!
«Cosí puoi usare questo tempo fuori dall'acqua per documentarti in attesa delle prossime immersioni» mi spiega.
«Grazie, Camy. È un pensiero stracarino. Pensa che volevo farmelo regalare per Natale. Sono davvero contenta. Tra stelle e pesci sto imparando tantissime cose!»

«Come, stelle?»

«Alberto viene a trovarmi quasi tutte le sere e mi racconta delle costellazioni, degli equinozi e di una cosa fantastica che si chiama precessione... insomma un mucchio di curiosità che ignoravo del tutto. È cosí romantico starsene qui a guardare il cielo, vicini vicini.» Mi stringo nelle spalle quasi per trattenere il calore che il pensiero di Alberto mi trasmette.

«Ah. Ma, sí, insomma, c'è qualcosa tra di voi?» mi chiede lei, imbarazzata.

«Be', diciamo che c'è molto feeling.»

«E non è successo... niente finora» domanda lei, piú precisa.

«In realtà sí. Ci siamo baciati.»

«Quindi state insieme?» mi incalza lei con sospetta insistenza.

«Credo di sí, anche se non ce lo siamo mai detti. Ma abbiamo tante cose di cui parlare che...»

«Anche ieri sera?»

«No, ieri è andato a Portoferraio a prendere sua zia al traghetto.»

Camilla assume un'espressione enigmatica e cambia di colpo argomento: «Fantastico. Sono stata al diving con Carry. Abbiamo prenotato un'immersione per domani.»

«Dici davvero?» mi guardo il piede sconsolata. «Cavolo, potessi venire anche io!»

«Magari al ritorno passiamo di qui per raccontarti com'è andata.»

«Mi farebbe piacere.»

La vedo già sul punto di andarsene. «Adesso devo scappare, altrimenti mia madre comincerà a chiamare la polizia.»

La madre di Camilla è una vera ansiosa. Io mi sarei già fatta adottare da un'altra famiglia. Anche dai Rogelio con il loro carlino.

«A proposito. Hai notizie di Penny? Non mi risponde al telefono e dal giorno dell'incidente non si è piú fatta viva.»

«L'ho vista poco anch'io» taglia corto Camilla.
«Sai che cosa? Deve essere Mattia.»
«Ne ha parlato, sí.»
«E allora è tutto chiaro. So come è fatta: quando ha una storia che la interessa, scompare dalla circolazione.»
Camilla è imperturbabile. «Non saprei. Scusa, ma devo proprio scappare.»
«Grazie ancora del libro» faccio in tempo a dirle mentre scende in fretta i gradini di casa, lasciandosi dietro come qualcosa di non detto.

16

La manta

Non sono ancora le nove di mattina, quando un piccolo dramma si scatena a pochi passi dalla mia camera da letto. Sento i nonni discutere animatamente in bagno, ma la porta chiusa mi impedisce di capire il perché. Cosí, ormai sveglia, decido di scendere a fare colazione.

Non passano nemmeno cinque minuti che il nonno mi raggiunge in cucina con espressione supplicante. Abbasso la mia ciotola di cereali e frutta preoccupata.

«Ti prego, Greta, aiuta tu la nonna!» mi supplica.

Lo guardo con occhi sbarrati. «In che senso?»

«Tra poco lo vedrai tu stessa. Purtroppo.»

Ma per alcuni lunghi minuti non accade niente. Il mistero si infittisce. Mi sistemo sul tavolo in terrazza e aspetto l'arrivo della nonna.

Ho quasi finito di mangiare, quando la vedo comparire seminascosta dalla tenda. Stento a credere a ciò che mi si presenta: la nonna indossa un camicione largo a fiori fucsia e viola, e ha un'acconciatura alla Crudelia Demon con le stesse striature color melanzana che partono dalle orecchie e sfumano come due pennellate impazzite sui suoi capelli biondo-bianco.

Sembra una manta.

Ha assicurato le due bande melanzana con due pinzette di diverso colore, che mostrano quella follia cromatica in tutta la sua estensione.

«Nonna!» esclamo.

Lei mi avverte secca: «Ti prego di non fare commenti.»

Ma è una situazione comica del tutto irresistibile. «Ma nonna, cosa...»

«Non è colpa mia, ma di quella cretina che mi ha venduto questa porcheria come castano hawaiano!» esclama furiosa. «Quando torno, mi sente!»

«E adesso come possiamo riparare?» le domando cercando di essere pratica.

Nel mentre, però, arriva Tommy e non appena la vede scoppia a ridere come un pazzo.

«Ma cosa hai combinato, nonna? Hai pulito il camino?» la prende in giro.

Lei la prende decisamente male. «Molto spiritoso. Peccato che io non mi diverta affatto. Vai subito a fare colazione. Forza!»

E spedisce Tommy in cucina. Lo sento correre a ridere dal nonno.

«Comunque qualcosa bisogna fare» insisto. «Non puoi certo andartene in giro cosí.»

«Non posso proprio andare in giro, punto. E vorrà dire che me ne starò in casa. Tanto a me non piace andare in spiaggia. E alla spesa penserete voi.»

«Ma figurati se te ne stai un mese chiusa qui.» Poi ho un'idea: «Dobbiamo tagliare!»

Lei scuote il capo. «Non ci pensare nemmeno. Piuttosto possiamo provare a usare una tintura antidoto a questa. Magari un biondo platino.»

Cerco di capire se stia scherzando oppure no. Mi sembra seria: quindi significa che è proprio matta come un cavallo.

«Nonna... con la tintura antidoto non sai cosa ne potrebbe uscire. Magari diventi verde!»

«Bah!»

«Tagliamo solo il necessario a renderti presentabile. Va bene?» le propongo.

Lei misura la terrazza in lungo e in largo, prima di arrendersi. «D'accordo.»

E poi specifica: «Ma solo un po'.»

Il taglio si rivela piú difficile del previsto perché, non appena avvicino le forbici ai suoi capelli, lei ritrae la testa e urla: «Basta cosí!»

«Ma se non ho ancora iniziato!» protesto.

Solo l'intervento del nonno, che è l'unico uomo al mondo in grado di distrarla con qualche chiacchiera, mi consente di fare il mio lavoro in santa pace.

«Ecco fatto!» esulto, alla fine del trattamento.

La nonna si guarda allo specchio e, nel vedere la sua acconciatura ridotta a uno spennacchio, lancia un gridolino. «Ahhh, i miei capelli. Greta!»

Il nonno si schiera immediatamente al mio fianco. «Mi pare che Greta abbia fatto un ottimo lavoro» mente, il vigliacco. «E, poi, non c'era altra scelta.»

In realtà le ho fatto un taglio da ragazzotto che di certo non si addice alla sua eccentrica eleganza. Ma è anche vero che nessuno le ha imposto di impiastricciarsi i capelli con quella schifezza.

«Forse adesso dovrai andare da un parrucchiere per farti mettere a posto...» azzardo.

«Mai!» tuona la nonna. «Sono solo dei ladri, che usano prodotti scadenti e robaccia chimica.»

La nonna sale la scala con l'asciugamano ancora sulle spalle. «Solo robaccia scadente!» ripete, una volta giunta di sopra.

Il nonno va a prendere le carte nel cassetto.

«Machiavelli?» mi propone, con aria furbetta.

Controllo l'ora. Alberto dovrebbe essere qui a momenti, ma una partita a carte con il nonnetto non si rifiuta mai.

«Ci sto.»

17

La stella marina

Sono passati giorni, ormai, dalla gita in barca. Il tempo è trascorso veloce, quasi avesse fretta di raggiungere qualcosa. E finalmente riesco di nuovo a camminare e nuotare come prima. Per le immersioni, invece, dovrò aspettare ancora, per evitare che la ferita si riapra a causa della pressione.

Oggi c'è un'aria insolita, immobile, come di attesa. Seguo il ritmo delle mie sensazioni, trasportata in ogni gesto da una calma obbligata.

Trascorro in spiaggia tutta la giornata e chiacchiero con i ragazzi che poi salgono, uno a uno, alle rispettive case. Sono quasi le sette e mi godo il mio libro nella tranquillità della spiaggia deserta. Il mare è calmo e riversa sulla battigia onde delicate e rispettose.

Sento solo il battito del mio cuore, forte e ritmico. Alberto oggi non è sceso, ma mi ha scritto: verrà a trovarmi stasera, per un tè freddo alla pesca, dice.

Non so cosa aspettarmi e non so cosa desiderare. Ma lo aspetto, e desidero.

Durante tutti i giorni che ho trascorso a casa è stato

molto carino e molto attento. Ci siamo scambiati baci rubati sotto le stelle. E carezze. E sguardi.

Se solo penso a lui risento nitido il profumo del suo telo che mi avvolge, l'energia delle sue mani grandi che mi strofinano spalle e braccia per riscaldarmi, la freschezza delle cascatelle d'acqua con cui ha pulito la mia ferita.

È come se fosse appena successo.

Chiudo il libro, dato che ormai leggo la stessa riga da dieci minuti. Lentamente, raccolgo le mie cose e mi avvio verso casa, la testa pesante di pensieri confusi.

Faccio una doccia calda ed eterna, suscitando dopo un po' i rimproveri della nonna che si lamenta degli sprechi eccessivi.

La strana tensione di oggi, però, non scivola via con l'acqua.

Alberto arriva puntuale, dopo cena. È particolarmente carino, con i jeans chiari, la camicia azzurra e il maglione di cotone blu scuro.

«Ciao, principessa.»

Adoro che mi chiami cosí.

«Come stai, oggi? Mi sembra meglio.»

«Riesco a scendere in spiaggia» gli racconto soddisfatta. «E da quella parte sono arrivata fino alla curva in fondo al sentiero.»

«Sono contento. Cosí potrò invitarti a cena fuori, una delle prossime sere.»

«Quando?»

«Prima che tu parta, direi.»

Già, la partenza. E chi ha voglia di partire?

Nelle sue mani compare una stella marina, rosso fuoco.

«E questa?» gli domando, interdetta.

«L'ho trovata in fondo al mare.»

Guarda il cielo ormai scurito e mi chiede, con grande naturalezza: «Ti va di andare a vedere le stelle in spiaggia? Meno luci ci sono e meglio è.»

Non so cosa rispondere: se rifiuto ho paura che mi consideri una bambinetta imbranata, se accetto... So che potrebbe succedere qualcosa.

Accetto.

La spiaggia è completamente deserta. La luna, enorme, illumina a giorno tingendo di bianco la superficie delle cose. Scendiamo lungo il sentiero fino a raggiungere i sassi che rumoreggiano sotto i nostri piedi.

Mi spingo fino alla riva. Mi chino senza fretta e immergo due dita nell'acqua tiepida e calma. Alberto armeggia nella barca, forse per prendere qualcosa su cui sederci, poi avverto la sua presenza pochi passi dietro di me. Sento che si siede, ma non mi volto. Lancia un sasso in acqua per attirare la mia attenzione. Io continuo a fissare il punto dove il sasso è scomparso, inghiottito dal mare.

Poi, in modo quasi rituale, mi rialzo, mi giro e vado a sistemarmi sul telo vicino a lui.

Rimaniamo in silenzio, lo sguardo rivolto all'orizzonte scuro, dove solo la luna traccia la sua via argentata fino al cielo.

Ho una strana tranquillità, forse è la consapevolezza di voler essere lí, accanto ad Alberto, di volere lui, completamente attratta. Complementare.

Appoggio la testa sulla sua spalla destra, che subito mi accoglie. Sento il suo viso sui miei capelli. Il suo respiro si fa piú vicino al mio, fino a quando le nostre labbra si trovano in un bacio delicato e intenso, dolcissimo.

Ha una bocca stupenda, carnosa e morbida. La sua pelle liscia profuma di pulito e d'estate.

Ci abbracciamo senza staccarci un istante. Poi il suo viso si allontana leggermente.

I suoi occhi incollati ai miei. Si alza e mi tende una mano. La prendo, forse un po' intimorita dalle conseguenze di quel gesto. La sua presa è forte e mi dà sicurezza.

Ci dirigiamo verso il fondo della spiaggia, dove inizia il canneto. Alberto stende il telo sui sassi, che in quel punto sono piú piccoli e misti a sabbia.

Una volta seduti nella protezione delle canne, io rimango immobile, quasi nel tentativo di fermare il tempo per pensare, per considerare la situazione, per capire cosa sia giusto e cosa no.

Poi mi sussurra: «Greta, io credo... so... io mi sto innamorando di te.»

Il mio cuore si ferma di colpo. Il respiro si blocca e qualcosa mi stringe lo stomaco impedendomi di fare qualsiasi movimento. Alberto, con infinita delicatezza, mi accarezza la guancia e accompagna il mio viso verso il suo.

Ci baciamo a lungo, non saprei dire per quanto tempo. Ed è un bacio appassionato, che racchiude il senso di quanto sta per accadere.

Alberto mi sfiora appena la pancia, poi infila una mano sotto la camicetta, iniziando a sbottonarla lentamente, con la massima cura.

Ho un sobbalzo quando le sue dita mi sfiorano il seno. Lui mi stringe, mi vuol dire di non preoccuparmi, non accadrà nulla che non voglio. Mi rilasso e le sue dita riprendono il cammino verso luoghi fino ad allora inesplorati. Lo lascio fare, mentre ha la meglio anche sull'ultimo bottone e sul gancetto del reggiseno. Tutto il suo corpo è proteso verso il mio. Siamo sdraiati. Lui appoggiato su un gomito mi accarezza dolcemente, mentre non smette di baciarmi.

Si sfila la maglietta e mi abbraccia passandomi le dita fra i capelli, la sua pelle contro la mia, per la prima volta. Mi bacia i seni, l'addome e piú giú fino alla pancia. Le sue mani sono abili e il suo tocco delicato. Solleva leggermente la gonna e sfiora l'elastico dello slip, ci gioca un po' per poi farsi strada, poco alla volta, sempre piú giú.

Un brivido mi percorre la schiena come una scarica elettrica. Chiudo d'istinto le gambe tese, la sua mano risale, attende paziente che mi tranquillizzi e prende ad accarezzarmi. Non ho mai provato nulla del genere in vita mia. E mi spaventa, perché non lo controllo.

Fa scendere lo slip lungo le gambe, fino a sfilarlo del tutto.

«Stai bene, mio tesoro?» mi domanda, il suo viso talmente vicino che a stento riesco a distinguerne i tratti.

Rispondo con un filo di voce: «Sí.»

Alberto si toglie i jeans. Guardo il suo corpo illuminato a tratti dalla luce della luna che filtra attraverso le canne alle nostre spalle. È perfetto nelle spalle larghe e rassicuranti, nelle braccia forti e nelle gambe lunghe e muscolose. Ritrovo in lui l'armonia di forme delle statue che ho studiato sui libri, la delicatezza di dettagli che solo un grande pittore può catturare sulla tela.

Poco dopo lui è sopra di me. Il tempo è una dimensione strana della quale non riconosco piú i riferimenti.

Ho un sussulto, preoccupata di ciò che sta accadendo. Ma Alberto capisce e mi sussurra piano all'orecchio: «Stai tranquilla, piccolina. Ho pensato a tutto io.»

Mi fido, rassicurata da quel gesto.

È dentro di me.

Chiudo gli occhi, ripenso alle uscite inutili con ragazzi qualunque, alle amiche innamorate, a quanto è lontano Marco, e tutto scorre veloce, mi scivola via dalla mente trasportato dalla corrente dell'emozione.

Sento male, ma solo all'inizio. Poi una sensazione strana, né piacevole né spiacevole. Solo diversa dalle altre.

Alberto è sicuro di sé. Chissà con quante altre ragazze l'ha fatto. Forse nemmeno mi importa. Ora siamo qui, noi due, insieme.

Alla fine mi bacia, mi coccola come un cucciolo appena venuto al mondo. Ma io mi sento bene, felice. So che è iniziato qualcosa di importante, e solo in seguito ne comprenderò le ragioni.

«Va tutto bene» mi chiede, o forse dice Alberto, seguendo il mio profilo con un dito.

Lo guardo, sorrido e non rispondo. Mi bacia con tutta la dolcezza del mondo e inizia a riabbottonarmi la camicetta.

Ci alziamo in piedi e lui mi stringe forte. Mi schiaccia la testa contro il suo petto, in silenzio. Poi mi prende per mano e, insieme, ci avviamo verso il sentiero.

Cammino come in un limbo, come una marionetta sospesa poco sopra il pavimento del mio passato, e sorretta dai labili fili del mio futuro.

«Non lo dimenticherò mai» riesco a dire sui gradini d'ingresso, prima di scomparire nel cono d'ombra che la casa proietta sul vialetto d'ingresso.

Di fronte allo specchio mi osservo alla ricerca della presunta maturità acquisita. Guardo le mutandine, ma nemmeno quel dettaglio mi basta. Lo ritrovo nel mio sguardo, attraversato dal lampo di quella consapevolezza in piú nella quale credo risieda la chiave di tutto.

Hai affrettato la tua natura prudente per seguire i ritmi di un'altra persona. Senti di aver aperto una porta su una dimensione diversa, forse piú adulta. Ancora non sai quanto piú adulta, Greta.

Grazie della tua freschezza. Io, adulto, ne sento piú che mai il bisogno.

18

Il pesce pagliaccio

Sono diversa? Piú matura? Ho fatto la cosa giusta? Che importa. Il cuore mi batte nel petto piú forte di tamburi africani, i miei occhi brillano come lucciole nella notte. Mi sento viva!

E sento che mi manca il tempo.

Sono troppo pochi i giorni che mi separano dalla partenza. Non avrei mai immaginato che mi sarebbe dispiaciuto tanto lasciare quest'isola. Non avrei mai sperato di ritrovare qui emozioni che credevo irripetibili. E di scoprirne altre che credevo lontanissime.

Decido di scendere in spiaggia molto presto, e godermi la giornata. Camilla è come al solito sotto l'ombrellone, sprofondata nelle pagine del suo libro. Sento un campanellino trillare tra gli scogli e lei mi spiega di averlo legato al polso di Vincenzo per sapere sempre dove si trova. Mi pare un'idea geniale, ma il rovescio della medaglia è che la piccola peste non sta ferma un attimo e, cosí anche il suo polso tintinnante.

Per fortuna ho il mio iPod.

«Oh... Ciao... Greta. Sei già qui?» mi saluta lei, sorpresa, sollevando gli occhi dal libro.

«Sono quasi in partenza, e ho pensato di passare piú tempo possibile al sole.»

Lei sembra molto imbarazzata, ma non capisco perché. «Ottima idea.»

«Penny dorme ancora?»

«No, veramente oggi si è svegliata presto e, dato che i suoi genitori sono partiti e... insomma, è già scesa...» cerca di spiegarmi Camy, con tutta una serie di giustificazioni non richieste che mi insospettiscono un po'.

«E dov'è?»

«Giú di là, credo.» Mi indica il canneto.

«Nel canneto? Ma non c'è sole, lí!» ribatto, sempre piú sorpresa.

«Ha detto che aveva voglia di leggere qualcosa all'ombra» prova a dire Camilla, consapevole lei stessa dell'assurdità delle sue parole.

«Leggere? Ombra? Stiamo parlando della stessa persona?» Faccio per dirigermi verso il canneto. «Vado a vedere se si sente bene.»

«Greta, aspetta! Non credo sia necessario. Perché sembrava in ottima salute. E poi...»

«E poi cosa?»

«No, niente. Davvero.» Camilla abbassa gli occhi.

Mi dirigo con passo rapido verso il canneto sul fondo della spiaggia. Quando lo raggiungo, scosto qualche canna e rimango immobile a fissare la scena che mi si presenta. Penny e Alberto sono seduti vicini, troppo vicini. Lui gioca con un lembo del pareo di lei, lei risponde con risatine soffocate. Lo stomaco mi si chiude e si fa di pietra. Vorrei scomparire sotto il manto terrestre, al caldo, al riparo da tutto questo. Tutto questo cosa?

Forse fraintendo ciò che vedo. Forse sono solo chiacchiere in amicizia, forse sono solo stupidi giochi tra vecchi amici.

Ma il mio primo istinto è tornare sui miei passi senza farmi vedere. Per ragionare a mente fredda, per capire qual è l'anello mancante.

Corro sugli scogli, incurante del pericolo di tagliarmi di

nuovo. Voglio solo raggiungere il mare per la via piú breve, sentire il vento in faccia, nella speranza di risvegliarmi da questo inizio di incubo.

«Ti senti bene?» mi domanda Camilla, che mi ha raggiunto.

Non le rispondo, il mio sguardo è fin troppo eloquente.

Non so cosa dire e cosa fare. Lei mi appoggia una mano sulla spalla, che significa 'puoi fidarti di me'.

«Voglio sapere, Camy» le dico, senza concederle alternative.

Camilla si rabbuia in viso. Una pericolosa adrenalina si accende nelle mie vene, in attesa della fine.

Lei solleva lo sguardo e inizia: «Non vorrei essere proprio io a dirtelo, ma...» s'interrompe ancora incerta su cosa fare. «Credo... è possibile che tra Penny e Alberto...»

«Va bene, va bene!» ripeto velocemente tappandomi poi le orecchie con le mani. «Non voglio piú sentire niente. Non è possibile, non è proprio possibile.»

«Invece devi ascoltare» ribatte lei decisa a dirmi la verità. Mi prende i polsi e con delicatezza li scosta dalle orecchie. Mi stringe le mani e continua a fissarmi con quei suoi grandi occhi verdi.

Annuisco e mi arrendo al suo racconto.

«Era da qualche tempo che Penny si comportava in modo strano: scendeva in spiaggia a orari diversi o si chiudeva in casa per ore, con la scusa di forti mal di testa.»

Seguo la voce di Camilla come un equilibrista sull'orlo del baratro.

«Poi, una sera, ho sentito delle voci. Una voce maschile e una femminile. I genitori di Penny erano fuori, perciò non poteva essere che lei, con qualcuno. Sono andata in terrazza e l'ho vista. Era con Alberto. Mi sono nascosta, non so perché, ma era come se ci fosse qualcosa di poco chiaro in quell'incontro.»

«Perché? Cosa facevano?» domando, terrorizzata dalla possibile risposta.

«Be', non credo ti farà piacere saperlo.»

«Parla, ti prego.»

«Si stavano baciando. Erano incollati.»

Tremo, ma Camilla continua. «E c'è anche un'altra cosa che mi ha insospettito.»

«Cosa?»

«Il giorno dopo ho incontrato Penny e le ho chiesto come stava. Mi ha risposto di essere andata a dormire molto presto la sera prima, ma di essere comunque molto stanca. Capisci? Mi ha mentito. Poi ho saputo di te e Alberto e mi sono sentita... male. Ero l'unica testimone di qualcosa di cui avrei dovuto parlarti. Ma non sapevo come.»

Tanti pezzi. Tanti frammenti.

Ripenso al giorno in cui ho visto Alberto scendere dal gruppo di case dove abita Penny (io che pensavo che mi fosse venuto incontro), a quando mi aveva detto di dover andare a prendere la zia al traghetto o il suo amico rimasto in panne. Alle sere in cui non poteva venire a trovarmi! Che cosa mi raccontava? Che cosa? Tutti i suoi motivi, e le sue scuse, mi sembrano solo una marea di stupidaggini.

Sono distrutta. E inferocita.

«Se solo ce l'avessi tra le mani! Ah! Non posso credere che abbia retto il gioco con due ragazze della stessa spiaggia. E amiche per giunta! O meglio, ex amiche!» alzo la voce in preda alla rabbia.

«Non so quanto Penny sia informata sulla vostra relazione» cerca di calmarmi Camilla. «Forse Alberto ha raccontato un mucchio di balle anche a lei.»

Quel 'anche a lei' mi raggela il sangue.

Mi alzo dallo scoglio. «Devo affrontare Penny e farmi confessare tutto. E lo farò subito.»

Ma le mie gambe vacillano, paralizzate dal crollo del mio nuovo piccolo mondo.

Dietro il canneto non c'è piú nessuno.

Chiedo a Carry se ha visto Penny.

«Ciao, Greta. Ehi, sí, è salita perché aveva dimenticato a casa il telo. Ma stai bene?»

«Grazie» taglio corto e cammino decisa verso l'imbocco del sentiero.

Raggiunta l'ultima curva prima della biforcazione, incrocio Penny, che mi sorride.

«Ciao, Greta, mi fa piacere vederti. Il tuo piede ormai è guarito? Sono contenta!»

Non le rispondo e la fisso con occhi feroci.

«Che c'è? C'è qualcosa che non va?»

Per la prima volta in vita mia, sento Penny insicura.

«Dimmelo tu!» ribatto secca.

«Non so a cosa tu ti riferisca.»

«Io dico che lo sai perfettamente. Da te non me lo sarei mai aspettata. Sei una serpe!»

«Ma... Greta... io non penso...»

«Non mi importa un cavolo di quello che pensi. Voglio solo che tu mi dica la verità» la interrompo alzando la voce.

«Parli di Alberto?»

«Perché, c'è anche qualcun altro? Mi fai schifo! Che razza di amica sei? Che razza di amica sei?»

Penny vacilla, indietreggia, infine si raccoglie il viso tra le mani e comincia a piangere. «È vero, hai ragione, ma.... Ma non è come credi.»

«Ah no? E com'è? Te lo dico io com'è. La mia migliore amica si è messa con il mio ragazzo sotto i miei occhi. Mi hai fatto fare la figura della cretina davanti a tutta la spiaggia!»

«Io non sapevo che stavate proprio insieme...»

«Non ti perdonerò mai, Penny!»

«Lui mi ha detto che vi eravate visti solo qualche volta...»

«Sei orribile!»

«Mi riferiva che tu gli dicevi che io sono solo una ragazza ricca e stupida. Che penso solo ai vestiti e che tu mi frequentavi solo perché ci sei costretta!»

«OH!»

«E ho pensato che non volessi piú essere mia amica.»

«E non ti sei minimamente preoccupata di venire a chiedermi come stessero le cose?»

«Greta, io...»

«Ti sei fidata di lui solo perché lo volevi. Perché quando c'è un ragazzo di mezzo tu... tu non capisci piú nulla!»

Lei scuote il capo. «Hai ragione. Avrei dovuto parlarti. Perdonami, ti prego. Non volevo ferirti. Se avessi saputo quanto era importante per te avrei lasciato perdere. Ma Alberto...»

Mi volto verso la scogliera. Il solo vedere Penny mi innervosisce. Invece vorrei tranquillizzarmi e farmi raccontare tutto. Tutto. E solo sentire il suo nome mi chiude lo stomaco.

Anche quel bastardo la deve pagare.

Penny mi tocca un braccio. «Per favore, Greta. Guardami. Non volevo raccontarti bugie. Guardami.»

Faccio quanto mi chiede e le pianto gli occhi addosso. Il solo pensiero di loro due insieme mi manda fuori di testa. «E tu non hai mai avuto un solo sospetto?»

«Che tu e lui...?»

«Sí. Che io e lui.»

Penny annuisce. «Un volta. Aiutavo Camilla a cercare Vince, quando è arrivato Alberto. Ma invece di arrivare dal sentiero dietro, arrivava da quello di casa tua. Era piuttosto tardi, ma soprattutto ci eravamo salutati solo qualche ora prima, quando mi aveva detto che sarebbe andato dritto a letto...»

«Quindi passava prima da una e poi dall'altra!» concludo inorridita.

«Sí, temo di sí. E ci ha messe una contro l'altra per impedirci di parlare tra noi e di smascherarlo.»

«Non ci posso credere! Non è possibile. Non... no. È la persona piú disgustosa che abbia mai conosciuto.»

Ora che la rabbia si è attenuata, sento che la disperazione sta rapidamente prendendo il suo posto. Ho gli occhi gonfi e pieni di lacrime.

«La piú disgustosa persona che abbia mai conosciuto...» ripeto, tra le lacrime.

Restiamo tutte e due a piangere, in piedi, in mezzo al sentiero.

«Tu lo ami, vero?» mi chiede, dopo un po', Penny.

«Non ha piú alcuna importanza.»

«E invece ne ha. Perché io non lo amo affatto.»

Singulto. «Cosa vuoi dire?»

«Che dobbiamo punirlo» suggerisce Penny, ora piú calma.

«Dobbiamo?» Una scaglia affilata mi taglia il cuore. «Io non voglio piú avere nulla a che fare con te!»

«Greta, ragiona. Siamo amiche da una vita. Da una vita. Guardami! Davvero credi che l'avrei fatto se avessi saputo come stavano le cose?»

«Ci voleva poco per saperlo. Non sei mai venuta a trovarmi. Nemmeno una volta.»

«È vero. Sono stata leggera» ammette Penny. «E mi piacciono i ragazzi, va bene. Mi piacciono molto. Ma... Greta. Sei tu. Sei la mia migliore amica.»

La frase mi scivola addosso come olio. Ma è olio bollente, che scotta.

«Dobbiamo vincere noi» insiste Penny.

Mi mordo le labbra. «Va bene. Ma devi fare tutto quello che ti dico.»

Penny sembra animarsi di un'improvvisa energia. «Tutto quello che vuoi. Non te ne pentirai.»

È come se l'aver accettato la sua proposta l'avesse di colpo sgravata da tutto ciò che è accaduto.

Io sibilo, gelida: «Invita Alberto da te stasera verso le otto. Digli che hai la casa libera e che i tuoi genitori sono partiti di nuovo. »

«E poi?»

«Lo accoglierò io. E dirò a quel pagliaccio tutto quello che gli devo dire.»

Un'ultima lacrima le scende lungo la guancia. «Va bene. Lo faccio subito. Grazie, Greta. Grazie.»

Stringe le mie mani tra le sue.

Ma io non sento nulla, se non un immenso vuoto che mi divora, piano piano.

19

La rana pescatrice

Il Lophius piscatorius, comunemente detto Rana Pescatrice, è un abilissimo predatore. Trascorre il tempo immobile, mimetizzato con l'ambiente fangoso in cui vive. Non appena la vittima prescelta gli si avvicina, muove uno dei suoi tre raggi come esca e attende paziente che la preda abbocchi. A quel punto, se la divora. Ma la cosa sorprendente è che il raggio piú lungo, posto vicino alla bocca, è dotato di un'appendice carnosa che si rigenera, ogni volta, dopo l'uso. Colpisci bene, Greta, perché la tua preda sta arrivando...

Sono le sette e ventinove e mi trovo ai piedi del sentiero in salita che porta a casa di Penny. La tentazione di fuggire lontano è fortissima, ma non quanto il desiderio di guardare un'ultima volta Alberto negli occhi. E fargli capire che cosa è la vera sofferenza. Sempre che ne sia capace.

Non ho risposto alle sue chiamate. Non avevo parole per lui.

Muovo un piede dopo l'altro, con passo lento e cadenzato. Penny è sulla terrazza, la terrazza dove una delle prime sere avevo chiacchierato spalla a spalla con Daniele, bevendo cocktail e ridendo del mondo. E poi, poi... Come cambiano le cose...

«Per fortuna!» mi accoglie Penny. «Temevo avessi cambiato idea...»

«L'hai invitato?»

«Sí, e gli ho detto che ho la casa libera.»

«E lui?»

«Mi ha detto che arrivava subito.»

«Ci si butta a pesce! Quell'animale!» Cerco conforto negli insulti, senza risultato. A quanto pare non si è turbato piú di tanto delle mie mancate risposte.

«Sarà qui tra una mezz'ora, come volevi tu.»

Il tempo trascorre pesante come piombo e mi costringe a una soffocante attesa.

Penny è molto disponibile. Sembra davvero pentita, ma non trovo motivi per perdonarla, non ancora.

Le otto si avvicinano come un esercito invasore, e l'ansia che fino a quel momento mi ha attanagliato si trasforma in una strana, stoica, tranquillità. La rabbia e la disperazione di oggi sembrano scomparse, per lasciare il posto a una pericolosa freddezza, fino a ora per me sconosciuta.

«Io entro in casa» dice Penny. «Credo che lui sarà qui a momenti. Chiamami, se vuoi che intervenga in qualche modo.» Due sottili rivoli di lacrime le scendono dagli occhi. Occhi grandi, forse piú sinceri. «Ti voglio bene, Greta.»

Annuisco.

Lei scompare dietro la tenda del soggiorno.

Il fischiettare di Alberto annuncia il suo arrivo.

Mi alzo. È giunto il momento. Sono pronta.

Lui scende dal viottolo tra le case, raggiunge le scale di Penny e sale. Non appena mi vede in cima alla terrazza, rimane immobile e muto, per alcuni istanti che sembrano eterni. La sorpresa dura lo spazio di un battito di ciglia, poi nei suoi occhi scorgo un lampo di consapevolezza e prego che sia lui a parlare, ad ammettere prima ancora che io lo accusi.

Invece no, Alberto recide anche l'ultimo filo che ci unisce.

Mente.

«Greta! Che sorpresa, non sapevo che ci fossi anche tu!»

Io lo guardo con occhi carichi di odio.

«Cosa c'è? Sei arrabbiata? Oggi ho provato a chiamarti un sacco di volte, ma non hai mai risposto. Dov'eri finita?»

Mi vergogno per lui.

«Ero con Penny» rispondo con una cadenza calma e tagliente.

Alberto ha capito, glielo leggo negli occhi che ha capito, ma non riesce ad ammettere di essere stato scoperto. Di aver fallito. Si dà un'ultima possibilità. «Chissà quanto avrete parlato alle spalle di noi poveri maschietti!»

«Sei uno schifoso bugiardo» lo insulto.

Le parole escono veloci come proiettili.

«Perché mi offendi?»

«Senti, vedrò di essere chiara. Hai chiuso. E adesso te ne andrai. Ma prima voglio dirti cosa penso di quello che hai fatto.»

Tutto il male, il dolore e lo straniamento di oggi mi scorrono fuori come un fiume di lava rovente. Brucia, ma cancella ogni cosa si trovi sul suo cammino.

Alberto mi fissa, indeciso se arrabbiarsi per essere stato scoperto o dispiacersi di aver rovinato tutto.

«Non so cosa ti abbia raccontato Penny, ma io e lei ci siamo visti qualche volta, in amicizia. Tutto qui.»

«Non ho mai conosciuto un essere piú spregevole e meschino di te. Come hai potuto prenderti gioco di me e dei miei sentimenti?»

«Ma Greta, io...»

«Sta' zitto!» lo interrompo. «Ho fatto l'amore con te, ti ho donato la cosa piú preziosa che avevo e tu l'hai gettata via, sporcando tutto per sempre. Avevo un mondo di sogni. E di speranze. Tu hai ucciso il mio cuore, l'hai ingannato e ferito, nel momento in cui era piú vulnerabile.»

«Stai fraintendendo, Greta. Tra Penny e me c'è solo una simpatia, e noi non...»

«Fatti furbo, signor perfezione! E piantala di metterci una conto l'altra per fare con comodo i tuoi sporchi giochetti.»

«Greta, ti prego, ascoltami. Ti sbagli. Penelope ti ha raccontato un mucchio di balle solo perché si è sentita respinta!»

Ogni parola, ogni sua singola parola, è come un anello della catena dell'àncora con cui si sta trascinando giú.

«Adesso Penelope sarebbe l'amante respinta? Ma non eravate semplici amici?»

«È perché...»

«Sai cosa credo? Credo che tu racconti talmente tante balle da aver perso la cognizione di quale sia la realtà. E la realtà è che tu, che mi sembravi il ragazzo piú meraviglioso del mondo, tu, Alberto... Mi fai pena!»

«Non mi dire cosí» mi supplica. L'ho colpito. L'ho colpito, sí. Ha gli occhi lucidi, ma non cambia nulla. Non mi interessa piú. Non lo sento piú.

Si avvicina e si ferma di fronte a me.

«No, Alberto» gli dico. «È finita. Non voglio vederti mai piú. Per me non esisti.»

«Greta, io ti amo!» mi grida abbracciandomi stretta.

Sono una lastra di marmo tra le sue braccia. Senza vita. Aspetto che mi lasci di nuovo libera e poi lo fisso dritto negli occhi. Non verso una lacrima.

«Ti amo, Greta!» mi ripete.

«Sí, ma io cosa me ne faccio?»

Le mie parole lo lasciano inerme. Mi dirigo verso gli scalini, senza voltarmi. Poi scendo lungo il sentiero.

Ora posso piangere.

20

L'ascia d'argento

Trascorro gli ultimi giorni con la mia famiglia. Ho bisogno di calore, perché fuori, e dentro, è tutto freddo. Ed è un freddo che si insinua nei tessuti, nell'anima, senza tregua. Sono un pesce degli abissi.

I ragazzi della spiaggia sono venuti a trovarmi tutti i giorni. Camilla, in particolare, si è dimostrata una vera amica. Non riesco ancora a parlare con Penny.

Non ancora.

In fondo al cuore credo di averla perdonata, ma certe ferite non smettono mai di bruciare.

L'ascia d'argento è quanto di piú vicino a te sia riuscito a trovare. Vive a 2.500 metri di profondità. Il suo nome è taglio, ferita, che sanguina lacrime d'argento. Sono quelle della luna, a cui ora non rivolgi piú i tuoi sogni, a cui ancora non perdoni di essere stata la tacita testimone del tuo dolore.

Domani mattina lascerò quest'isola-pesce e, con essa, anche il mio amore-dolore. Spero che lui non si faccia vedere sul molo, che non mi costringa a strappare dall'album dei ricordi anche l'ultima immagine, l'ultimo saluto all'Elba.

Ora che non voglio piú nulla, e non sento piú nulla.

Alta marea

21

Le aragoste

È tutto. Hai strappato l'ultima pagina del tuo diario.

Non ho modo di sapere come finisce la tua storia con Alberto. È venuto a salutarti al traghetto, oppure no?

E tu? Cosa hai fatto tu?

Lo hai piú incontrato?

Ho cercato la pagina in tutta la casa. Sono tornato in soffitta, nella tua camera vicino all'oblò, nella cucina. L'ho cercata anche se sapevo di non avere alcuna possibilità di trovarla.

Credo che dovrò tenermi queste domande. Non ho altre parole da ricopiare.

E il mio compito è finito.

Esco di casa e percorro il sentiero che va alla spiaggia. Prendo a sinistra, salendo alle case rosa. È un breve tragitto interrotto dai sassi. Polvere bianca ricopre i miei sandali. Ecco casa di Penelope. Ecco la sua terrazza. Ma non c'è musica che rimbomba nella valle. Niente Vasco. Le persiane sono accostate. Mi fermo a guardare il mare. Immagino Enrico uscire furibondo dalla porta, nero di rabbia. Vedo te e Daniele mentre scendete storditi dalla serata. E poi guardo le altre case. E immagino una mano furtiva che bussa alla porta e dice: «Sono Alberto.»

Mani sulle ginocchia, risalgo nel viottolo silenzioso. È terra di insetti e vento. Proseguo oltre le case.

Il sentiero si tuffa nel verde e corre di mezza costa, seguendo la baia come una parentesi fin sopra al canneto. Ora lo vedo dall'alto, dalla parte opposta rispetto alla nostra casa. Ecco il nascondiglio dove hai fatto l'amore con Alberto, ecco la spiaggia, il rimessaggio delle barche e il nostro sentiero che scende come un punto interrogativo. Ecco la curva in cui Tommy ha detto: «Ci siamo persi.»

Mi siedo sopra una pietra piatta da poeta, una di quelle da cui si ha la sensazione di poter diventare statue e rimanere a contemplare il paesaggio. Il tempo scorre via rapidamente. Ti immagino laggiú, immagino voi tutti, correre nuotare tuffarvi come fantasmi diafani. Sorrido.

Il vento è un oratore malizioso. Continua a portarmi domande.

Quando mi alzo, non torno indietro per la stessa strada, come Nicola il gambero. Ha ragione tuo padre. Ogni viaggio deve essere un cerchio. E ci provo anch'io. Proseguo lungo il sentiero e raggiungo una biforcazione. Mi oriento. Da un lato si scende alla spiaggia, al canneto. Dall'altra il sentiero risale, come se fosse appeso al cielo. Punta verso il promontorio. Verso casa di Alberto. Solo ora, finalmente, capisco come faceva a raggiungere Penny senza passare dalla spiaggia. Salgo. Ci sono rocce aguzze e radici nodose. Il sentiero serpeggia stretto e nervoso. Lancio un'ultima occhiata alle case rosa, poi scavalco il promontorio.

Quella affacciata sul mare deve essere casa sua.

Ci sono un uomo e una cavalla.

«Oh, no, sono partiti, ormai» mi informa Gigi, seduto sull'erba. «Non vedi che la casa è chiusa?»

Non devo neppure domandargli perché è lí; me lo racconta lui. «Mi godo il tramonto» dice. «Quando se ne vanno via tutti, questo è il punto piú bello dell'isola.»

Ha ragione. Immersa in vigneti inaspettati, davanti a quell'esplosione di mare, la casa stessa sembra scomparire, inghiottita dalle rocce e dagli alberi.

Gigi beve un sorso dalla sua fiaschetta. Esita, come se per un momento volesse offrirmene, ma poi la riattacca alla sella di Nerina. Non credo sia avarizia. Penso piuttosto che non volesse ricevere un mio rifiuto.

Resto un po' a chiacchierare con lui. Quando comincia a parlarmi di calcio, gli poso una mano sulla spalla e mi allontano.

Gigi resta con Nerina a farsi infiammare dal tramonto.

Passano i giorni.

E passano le notti. Rileggo quello che ho scritto, le pagine che ho ricalcato dal tuo diario. Sarebbero un buon libro, penso. Ma è come aver fatto un mosaico senza la tessera centrale. Un puzzle incompleto.

Mi hai lasciato senza finale, ma mi hai divertito, mi hai rilassato, mi hai turbato e, infine, addolorato.

Mi sento di nuovo vivo, come se le pagine del diario avessero passato una mano di vernice sulle mie sensazioni.

La mattina affronto il sentiero del ritorno e, come faceva tuo padre, scendo in paese a caccia di un giornale. Compro tutti i quotidiani che trovo e provo a leggerli alla ricerca di articoli interessanti, come facevo un tempo. Riesco solo a sfogliarli e alla sera li uso per accendere il fuoco. Ma è già moltissimo, per me.

Incontro Paolo, mi fermo davanti ai gradini della scuola di sub. Quando ne vedo uscire un ragazzo con due enormi spalle indietreggio.

Ma non può essere Alberto.

Il negozio di vestiti ha ancora le reti in vetrina.

Infine, a ottobre, lascio l'isola a forma di pesce. Raggiungo in macchina il porto, salgo a bordo del traghetto e mi metto a poppa, a prendere il vento.

Mi volto verso la pinna caudale dell'Elba. Non è il traghetto che si allontana da lei. È l'Elba che prende il mare.

A sera sono a Roma. Apro la porta di casa e salgo per le scale evitando la gabbia dell'ascensore. Ci sono televisori accesi a ogni piano. I doppi vetri del mio appartamento non tengono i clacson fuori dalla mia vita. Lascio la valigia sul letto e mi guardo intorno. Gli scatoloni nell'ingresso sono mezzi vuoti. I suoi vestiti non ci sono piú. Mi inginocchio davanti al comodino. Guardo la foto, la giro e la metto a posto. Poi apro tutti i cassetti e lentamente, per l'intera notte, riprendo possesso dei miei spazi. Quando crollo a letto, ho tirato fuori dalla valigia solo il tuo diario.

Mi sveglio che è pomeriggio. Il frigorifero è vuoto. Accendo il computer e stampo il manoscritto. Guardo i fogli uscire dalla bocca della stampante e li controllo attentamente. Poi squilla il telefono. Non rispondo. Guardo i fogli e penso a te. Rispondo.

È il mio editore. Mi vuole incontrare. È preoccupato per me. Mi chiede di pranzare insieme.

«Domani a pranzo, va bene» accetto.

«Perfetto. Mi fa piacere che tu sia tornato.» La sua voce è premurosa. Il mio editore è una donna. Esita a farmi l'unica domanda che davvero vuole farmi. «E... durante questi giorni, ti è venuta qualche idea?»

«Mi stai chiedendo se ho una storia?»

«Qualcosa di simile, sí.»

La stampante sgrana pagine su pagine. Ma manca l'ultima. La piú importante.

«Per ora no» le rispondo.

Sento la sua delusione. «Non preoccuparti. Ti verrà.»

Il ristorante ha pochi tavoli rotondi e aria condizionata. Il mio editore ha un bel sorriso e la pelle abbronzata. Cerco di comunicarle tranquillità. Che va tutto bene, di nuovo. Che sono io. Lei finge di credermi, ride e mi incoraggia. Mi racconta le sue vacanze in Grecia, senza chiedere niente delle mie. Il cameriere è impeccabile e azzimato. Dice di avere aragoste fresche. Siamo gli unici clienti del locale.

«Lasciamole vivere ancora un po'» propongo.

Lui sembra offendersi. «Sono aragoste, signore.»

Ripenso a quando le ho viste correre come levrieri tra le scogliere di Ustica. O quando, come cavalieri in armatura, affrontavano le nostre maschere da sub per difendere i loro tesori sommersi.

«E noi cosa siamo?»

Il pranzo scorre via veloce. Parliamo per tutto il tempo.

«Ti posso dare un buon anticipo, se vuoi» conclude poi lei, quando arriviamo al caffè. Chissà chi l'ha importato, se il padre di Mattia, il torinese con lo yacht.

«Un anticipo per cosa? Ti ho detto che non ho nemmeno una storia.»

«Per averla.»

Scuoto la testa. «Non posso accettare.»

«Insisto. Vieni almeno a vedere i nostri nuovi uffici.»

La guardo e mi lascio trasportare dalla corrente.

Camminiamo per una Roma assolata e caotica. Saliamo a vedere gli uffici. Una volta dentro mi accorgo di conoscere tutti. Ci salutiamo con affetto. Ho il fiato corto e le labbra secche. C'è tutta la mia vita, là dentro. Quella che dovrei riprendere al piú presto. Quella che ho ritrovato, in parte, sul tuo diario.

Vado nell'ufficio principale.

«Che ne pensi?»

«Magnifico.»

È la verità.

«Vuoi un bicchiere d'acqua?»

«Sí, grazie.»

Mi siedo di fronte al piano di legno scuro, coloniale. I

miei premi incorniciati alle pareti. Gli articoli del giornale. Questo posto e io siamo diventati famosi insieme.

Credimi, Greta, è molto difficile: è come essere in prigione. Ma è una prigione elettrizzante, fantastica. È per questo che lei ha insistito per portarmi qui. Vuole convincermi a riprendere a scrivere. E anche io lo voglio. Ma c'è qualcosa che manca. Ancora qualcosa.

Una pagina.

Ascolto i passi nel corridoio alle mie spalle. E telefonate. E dita che battono sulla tastiera. La scrivania è ingombra di fogli e di biglietti da visita. E lí accade.

Lí cambia tutto, di nuovo. E non è un caso.

Il mio sguardo si fissa su un cartoncino Pineider avorio, cinque per otto, su cui è scritto:

Tipografia Post-Scriptum
di Giuseppe Rogelio
Bologna

Post-Scriptum, certo. Sorrido. La tipografia di Pino Rogelio non poteva che seguire l'inviolabile legge della 'P'.

Seppellisco il biglietto da visita nella mia tasca. Saluto ed esco. Ho un pensiero: tu.

E cosí eccomi qui, che mi domando cosa fare. Tu credi ai segni del destino? Agli oroscopi, al caso, alle coincidenze? Io sí, disperatamente, da questo preciso momento. Ti cerco sull'elenco telefonico di Bologna e ti trovo. C'è solo un numero che corrisponde all'architetto Kristofer Schirsch.

Controllo l'ora. Sono quasi le otto. Chiamo.

Ma il numero non è piú attivo.

Oroscopo, caso, coincidenze, certo.

E se invece mi avesse risposto qualcuno? Che cosa avrei potuto dire?

«C'è Greta? Ho qui il suo diario. E vorrei sapere come va a finire.»

Copio l'indirizzo di Bologna su un taccuino. Apro l'armadio, prendo la mia sacca da viaggio e ci butto dentro un cambio di vestiti.

Compongo di nuovo il numero, casomai ci fosse stato un errore.

«Informazione gratuita...»

Riaggancio.

Prenoto un Eurostar per Bologna e vado a dormire.

Non chiudo occhio.

22

Il baccalà

Sono passati alcuni giorni. E, inaspettatamente, è Lisbona che si apre davanti a me come un pizzo di vecchi edifici. Ricamata sui colli che circondano la stazione del Barrio, respira avida l'aria di mare.

Ho un indirizzo in tasca.

Me l'ha dato il portiere del tuo vecchio appartamento di Bologna. Mi ha raccontato che avete traslocato per seguire il lavoro di tuo padre. Ecco perché il numero non esisteva piú. Nel tuo diario non c'era nessun accenno a un trasferimento di questo tipo, addirittura all'estero, per cui immagino che sia stata una cosa del tutto inaspettata. Mi domando se sia legato, in qualche modo, a quanto è accaduto all'Elba.

Ho faticato a trovarvi. Il portiere non mi voleva dare indicazioni. Ho insistito. Gli ho fatto capire che era per lavoro. Gli ho raccontato che non sapevo come fare i buchi nella parete di casa e l'unico che aveva ancora le planimetrie era proprio tuo padre.

«Architetti» ha sbuffato il portiere. E poi mi ha detto: «Sono andati in Portogallo.»

Dove può andare a lavorare, in Portogallo, un architetto?

Solo a Lisbona, decido tentando la sorte. E dove può scegliere di vivere, una volta qui?

Salgo un taxi che odora di tabacco e cuoio.

«Parede» dico.

Lui appoggia il giornale sul sedile e parte.

Parede è un quartiere sul mare, protettivo e semplice. Isolato ed elegante. La tua è una villetta ricoperta di azulejos turchesi, su un dolce pendio che vede il mare. La tua casa ha due piani e, al secondo, c'è una finestra ad oblò. Potrei scommettere di chi è quella camera. Intorno alla casa c'è un piccolo giardino trattenuto da una cancellata di ferro battuto nero.

Non ci sono bar, né caffè, e quindi non posso aspettarti qui, in mezzo alla strada. Non so nemmeno se posso aspettarti.

So soltanto che è una cosa equivoca. Potrei essere scambiato per un ladro, un guardone, un pazzo. Faccio un giro, un secondo, poi mi allontano. Sento un grido allarmato provenire dal giardino. Mi fermo all'angolo della strada e fingo di consultare una cartina. Vedo schizzare Tommy fuori di casa, all'inseguimento di qualcosa che corre veloce.

Poi lo sento disperarsi.

Ha perduto la sua prima, rarissima iguana.

Ridacchio malignamente tra me e me, aspetto ancora un momento, ma tu non esci. Compare solo una donna di servizio, che sbraita qualcosa in questa lingua che asomiglia tanto al dialetto genovese. Percorro la via alberata in direzione dell'oceano.

Senti. Io ho ventisei anni. E tu sedici. Sono qui solo per lavoro, lo capisci?

O qualcosa di simile.

Credo di sapere quello che ha senso e quello che non ne ha. Ma ho appena passato un momento difficile, chiamiamolo cosí. Un momento molto difficile. Mi capiresti se te ne parlassi.

Tu hai scritto che la psicologia maschile è del tutto incomprensibile. E infatti, che cosa ci sto facendo qui?

Mi do la stessa risposta che mi sono ripetuto in questi giorni.

Cerco una pagina scomparsa.

Ho trovato alloggio in una pensioncina nel Barrio Alto. Esco ogni mattina in un dedalo di vie bianche, contorte e calcinate. Visto dall'alto, il Barrio è come quei cestini da pesca pieni di vermi immobili. Ogni mattina salgo al castello a piedi, prendo il tram 29 e giro per la città. Quando posso, ti seguo.

Ricordo perfettamente la prima volta che ti ho vista. Eri appena uscita dall'Istituto culturale per gli italiani all'estero insieme a tuo padre. Gli hai dato un bacio e indicato la via scura che sale al Chado, il quartiere dei bar e dei piccoli caffè.

Vi siete detti qualcosa, lui ti ha mostrato l'orologio. Tu hai risposto okay. Ti sei voltata. La tua immagine di fronte a me, riflessa dalla vetrina di un antiquario. Era molto dolce.

Eri tu.

File di impettiti palazzi liberty esibiscono finestre bombate, riccioli e balconi che paiono scolpiti da un pasticcere. Le strade sono tagli dritti che serrano come martingale la piazza del Largo do Chado. All'angolo di quella piazza c'è la statua di Pessoa, il poeta che contempla immalinconito il viavai dei turisti. Se ne sta seduto al caffè 'A Brasileira', immerso nell'imitazione di un pensiero.

Tu sei seduta accanto a lui. Le cuffie dell'iPod nano nelle orecchie. Un leggero vento tra i capelli castani, lunghi e fini. Un libro tra le mani. Una pasta alla crema, un pasteis de nata e un caffellatte sul tavolino. Hai una giacchetta di velluto lilla e una gonna lunga, zingara. Scarpe di tela allacciate con una fascetta sul dorso del piede, da ballerina. E nessun orecchino, o anello. No, nessun anello.

Imbarazzato, prendo posto qualche tavolino piú in là, e cerco di pensare. Riesco solo a guardarti, facendo finta che non sia cosí. Come quando tu cercavi di sfuggire allo sguardo di Alberto, alla scuola di sub. Solo che io sono un viso sconosciuto tra gli sconosciuti di questo bar, mentre tu, tu... Ah, Greta, ti conosco cosí bene, ormai, che penso di poter immaginare tutti i tuoi pensieri.

Sollevi il libro, ti guardi intorno.

Io osservo la copertina.

Mi era sembrato proprio lui.

È il mio.

Cavalca, cuore. Cavalca. Il grande scrittore ventiseienne soffoca nella piazza del Chado per colpa di una sedicenne che ha scritto cose magnifiche.

Mi sento come Pilato, non colui che dovette prendere la grande decisione, ma il carlino dei Rogelio. Sono in apnea. Nascondo le mani nella borsa a tracolla che ho con me e fingo di cercare qualcosa. Ordino al cameriere um caroto escuro e penso. So che non posso parlarti. So che non posso alzarmi e chiederti che cosa stai leggendo. So che non posso nemmeno dirti: «Ciao. Quello l'ho scritto io.»

È come se si stesse chiudendo un cerchio. Io ho letto te.

E tu stai leggendo me.

Passano alcuni minuti.

Sono come Pessoa. Non sto pensando a niente.

Sento un dolore nella schiena e sul fianco, un sapore amaro nella bocca della mia anima. Perché, in fin dei conti, non sto pensando a niente, ma proprio a niente.

A niente.

Tu controlli l'ora sull'orologio, cambi la posizione delle gambe. Ti guardi intorno alla ricerca di qualcosa, o qualcuno. Forse tuo padre? Intuisco che stai per andartene.

Mi alzo.

Ora o mai piú. Attraverso file e file di tavolini, come un soldato in un campo minato. Arrivo a un passo dai tuoi capelli.

Dieci anni, mi dice una voce. E lei se ne è appena andata per colpa tua.

Alzo gli occhi nel momento in cui un palloncino rosso si stacca dalle mani di un bambino e punta rapido verso il cielo. Il palloncino vola via. Passo oltre il tuo tavolino e la tua giacca di velluto lilla ed entro nel bar. Mi appoggio al bancone e chiedo un penna. Grido che voglio una penna. Scrivo un biglietto, estraggo il tuo diario dalla tracolla e indico al cameriere il tuo tavolo.

Aggiungo due banconote senza nemmeno controllare quali.

«Sí, adesso...» gli dico. Poi cambio di nuovo idea. «No. Aspetti che io sia andato via. Sí, via.»

Mi arrampico fuori dal Chado. Scompaio nel Barrio Alto come un insetto inghiottito da una pianta carnivora.

C'è musica struggente che esce dalla cappella sconsacrata.

È fado per turisti.

Ma è pur sempre fado.

Il cameriere ti ha portato il tuo diario e questo biglietto:

Cara Greta, non spaventarti. Ho trovato il tuo diario nella soffitta di una casetta dell'isola d'Elba, situata all'altezza dell'ipotetico occhio. Te lo sto semplicemente restituendo. Ma devo confessarti di averlo letto e di averlo anche copiato, trasformandolo in un romanzo. Sono uno scrittore. Il romanzo, cosí come il tuo diario, è incompleto, perché manca l'ultima pagina. Mi piacerebbe sapere che cosa c'era scritto. Se vuoi dirmelo, se ti va di incontrarmi, sono a Lisbona per qualche tempo. Tutto qui. Ciao.

Seguono il mio nome, solo il mio nome, e il mio numero di telefono.

È sera. Luci oblique illuminano il castello di Sao George. Cammino nell'Alfama tra ragazzi immigrati e retournados, i profughi delle colonie. I vicoli grondano di luminarie. Ho fame. Non ho messo niente nello stomaco da questa mattina a colazione. Mi fermo a un tavolino di plastica verde in un vicolo e ordino un piatto di bacalhau con birra.

«Italiano?»

Annuisco. Dentro il locale c'è musica araba. Prima che io riesca a reagire vengo circondato da un nugolo di ragazzi dalla pelle scura. Ho solo il tempo di spaventarmi, poi loro gridano: «Materazzi!»

E scopro cosí che sono contenti. L'Italia ha battuto la Francia, che aveva battuto il Portogallo. Non riesco a pagare una sola birra. Mangio il miglior baccalà della mia vita. E ascolto le loro storie per tutta la sera. Quando mi chiedono che cosa ci faccio qui, rispondo che sono un architetto.

Torno alla mia pensione che è notte alta. Ho vagato tra vicoli tutti uguali, prima di ritrovare quello giusto. Penso al bar di oggi pomeriggio e a Pessoa, che fingeva di avere diverse identità e aveva affittato diversi appartamenti di questa città. Si scriveva lettere a cui egli stesso rispondeva.

Possiamo fingerci chiunque vogliamo. Scrittori, dottori, architetti. C'è una sola che non possiamo fare.

Fingerci innamorati.

Alle cinque e cinquantacinque di mattina il mio telefono cellulare è scosso dal brivido di un messaggio. E cosí io. Non sto fingendo, anche se so che è assurdo. Mi sento quindici anni. Non uno di meno. Non uno di piú.

Il messaggio dice:

> Oggi pomeriggio alle quattro, all'Oceanario di Lisbona. Davanti alla vasca dei pesci tropicali. Greta.

23

Il pesce specchio

Dicono che l'Ocenario di Lisbona sia il secondo piú importante al mondo. Io non ho visto il primo e rimango quindi meravigliato, stupefatto e atterrito davanti ai cinque milioni di litri d'acqua della sua vasca centrale. I pesci sono come la punteggiatura di un'opera ciclopica.

Ho in mano un biglietto ridotto da giornalista e una mappa colorata che sembra quella di un film di fantascienza. Credo che la vasca dei pesci tropicali si trovi nel padiglione dell'Oceano Pacifico, ma non ne sono sicuro. Dopotutto, ci sono i tropici anche in quello Indiano, e nell'Atlantico caraibico.

In ogni caso sono in anticipo di due ore.

E la sciarpa mi soffoca.

Vado a visitare il padiglione dell'Antartide, dove la temperatura precipita per permettere ai pinguini di sentirsi perfettamente a loro agio sul ghiaccio. Ci sono bambini felici che indicano le foche.

L'Oceanario si dipana leggero, una struttura di vetro, cemento e alluminio che sembra soffiata a mano. Attraverso pareti d'acqua e soffitti di squali, scendo nel buio dei mari profondi e salgo scale fiancheggiate da cascate e giochi d'acqua.

Controllo sulla mappa.
La vasca dei pesci tropicali.
Un quarto d'ora alle quattro.
Ecco il pesce specchio.

Alle quattro in punto smetto di girovagare attorno ai pesci tropicali e cerco un posto dove sedere. C'è molta gente, troppa perché tu possa riconoscermi. Non mi sono descritto, non sai quanti anni ho. Ma sei tu a doverti mostrare. Sei tu che devi decidere. Devi essere convinta di volermi parlare.

Mi siedo, dunque, e tiro fuori il manoscritto che ho stampato a Roma. Il tuo romanzo.

Comincio a scrivere sulla prima pagina, senza mai sollevare lo sguardo. Sento occhi che mi guardano e sento passi, risate, lingue di varie parti del mondo che indicano i pesci. Lotto contro la sensazione di essere al centro di quella sala e non, come invece è, poco piú di una macchia di jeans contro la parete di fondo.

Scrivo.

Mia cara Greta,
questo è il romanzo uscito dal tuo diario. C'è qualche mia frase qua e là, che spero non ti dispiaccia. Ho cercato di dare forma ai tuoi pensieri, ai tuoi amici e alla tua estate.

E scrivo ancora.

Grazie a te ho ritrovato la voglia di riprendere l'unica cosa che so fare: scrivere. E ho riacquistato semplicità e spensieratezza. Sentimenti e tradimenti.

E scrivo ancora, fino a quando mi accorgo che è trascorsa mezz'ora. E che tu non sei venuta.

Sorrido. È cosí, dopotutto, che doveva andare. Stupido scrittore fantasioso. Non provo alcun rancore, credimi. Mi alzo, avvolgo il manoscritto nella mia sciarpa e lo abbandono alle mie spalle.

Esco dall'Oceanario per la via piú breve. Intorno a me migliaia di persone si affrettano, ognuna per la propria strada, come formiche dopo la pioggia.

E sono solo.

Il giorno dopo chiamo l'agenzia di viaggi e ordino il biglietto di ritorno. Saluto la proprietaria della pensione e cerco un taxi che mi accompagni all'aeroporto. Trovo un portoricano che ascolta reggie.

Attraverso l'atrio alla ricerca del tabellone delle partenze, quando squilla il cellulare.

«Sí?»

«Sono Greta» mi dici con un filo di voce.

Mi fermo, fermo l'aeroporto, i voli in partenza e quelli in arrivo.

«Ciao» ti rispondo con il fiato bloccato in gola come un boccone troppo grosso.

«Ciao.»

Restiamo zitti per alcuni secondi, poi parliamo contemporaneamente.

«Senti, scusa per...»

«No scusa tu...»

«È che...»

«Non fa niente.»

«Dai pesci tropicali.»

Scoppiamo a ridere.

«È una cosa davvero imbarazzante» dice lei.

«Sapessi per me.»

«Io credevo che fossi un... vecchio.»

«Un po' lo sono. Come tutti.»

«Ho letto il romanzo. È... non lo so...»

«Volevo solo che tu lo avessi.»

«È strano.»

«Sí. È strano.»

«È la mia estate, ma...»

«Ti va se prendiamo un caffellatte?»

Greta esita. «Sí. Tu dove...?»

Mi volto e mi lascio alle spalle numeri e lettere che sfarfallano come mazzi di carte tra le mani di un giocatore esperto e l'odore della gomma bruciata delle piste di decollo. «Sono in centro» mento.

«Posso prendere un autobus.»

«Alla Brasileira può andarti bene?»

«Credo di sí.»

È chiara la sua incertezza, il suo smarrimento. Cerco di sembrarle piú sicuro, ma inganno solo me stesso.

«Ci sarò.»

Mi alzo non appena ti vedo arrivare. Ci guardiamo imbarazzati, le mani in tasca, un timido sorriso sulle labbra.

Mi faccio coraggio e ti tendo la mano. Ti dico solo il mio nome, per non farmi riconoscere.

Tu la stringi e ti presenti, leggermente rossa in viso «Greta.»

«Cosí, eccoci qui.» Riempio l'aria con parole inutili.

«Eccoci qui.» Mi fai eco. Siamo cosí simili...

«Ci sediamo?»

«Okay.»

Continuo ad alzare gli occhi e a riabbassarli. Fatico a sostenere la tua vista. Poi prendo forza e ti guardo. «Credo di doverti delle scuse.»

«Perché?»

«Sono stato un bel po'... invadente.»

«Forse» confessa lei. «Ma... non mi ha dato fastidio. Due giorni fa, però, quando mi è arrivato il diario, mi sono spaventata da morire.»

«Perdonami. Non sapevo in che altro modo fare.»

«Come hai saputo che vivo qui?»

Te lo racconto.

«Potevi spedirmelo a casa.»

Rido. «Non mi è nemmeno venuto in mente. Giuro. Sono un impulsivo, e sentivo di volerti vedere, parlare, anche solo per un istante.»

E metto la mano sul cuore.

L'arrivo dei caffellatte interrompe il flusso di sensazioni tra noi. Fai il gesto di pagare il tuo. Non ci riesci.

«Sono piú vecchio. Offro io.»

Non raccogli la possibilità di fare battute. È evidente che stai pensando ad altro. Ora chi mi trovo io, in prima persona, a fronteggiare il tuo assentarti improvviso, mi sento spiazzato. Dove voli con la mente?

«Guarda che ieri sono venuta all'Oceanario» mi dici. «Ma avevo ancora paura.»

«L'ho immaginato.»

«Non sapevo chi fossi, e non ero davvero sicura di aver fatto la cosa giusta a mandarti quel messaggio. Ma avevo scelto quella stanza perché puoi girare intorno alla vasca dei pesci senza essere notato. Cosí sono rimasta nascosta dall'altra parte a guardarti.»

«Quanto ci hai messo a capire che ero io?»

«Ti ho visto subito.»

«E... hai pensato: oddio!»

Ridi. «Oddio, in un certo senso, sí. Aspetta, però...» ti affretti a specificare. «Nel senso di oddio, c'è davvero. Non sapevo cosa fare, se venire a conoscerti o andarmene. Poi ho visto che scrivevi, e la cosa mi ha, non so come spiegarti, tranquillizzata.»

Frughi nella tua borsa e ne estrai la mia sciarpa. «Hai dimenticato questa.» Me la porgi. La tua mano trema leggermente. Capisco che il nostro incontro non ti lascia tranquilla, che la differenza d'età ti intimorisce. Forse sei ancora ferita.

«Non l'ho dimenticata.»

«Non posso...»

«Shhh. Res derelicta...»

«Le cose abbandonate sono di chi le trova. Dimentichi che sono al liceo classico?» Si risveglia l'animo battagliero che mi aveva colpito nel diario. «Anzi... ero, al liceo classico» concludi con un pizzico di nostalgia.

Ti domando cosí del trasferimento a Lisbona. Come avevo immaginato, è per il lavoro di tuo papà.

«Me l'hanno comunicato quando siamo tornati dall'Elba.»

«E tua mamma come l'ha presa?»

«Sembra che il teatro portoghese sia tutt'altro che male. E poi è abituata a viaggiare. Un'ora in piú di aereo non farà la differenza.»

«E tu?»

«Sono contenta.»

Quante cose vuoi dirmi in due parole. Vorrei essere pagina perché tu possa raccontare a cuore aperto, ma posso solo lasciare che trascorra il tempo necessario.

«Bologna poteva essere troppo piccola» aggiungi.

Chiacchieriamo e le ore trascorrono rapidamente. Quando controlli l'orologio per la prima volta sono quasi le sette di sera. Nemmeno l'allungarsi delle ombre arzigogolate dei palazzi ci ha distratto dai nostri discorsi.

«Credo di dover andare.»

«Certo. Naturale» ti rispondo senza esitazione come per sedare eventuali sensi di colpa.

«E tu?» mi domandi in modo quasi distratto, per non mostrare piú interesse di quanto ti sia concesso fare.

«Sono qui vicino» indico vagamente il Barrio Alto.

«E quanto rimani a Lisbona?» insisti questa volta piú coraggiosa.

«Una settimana» improvviso. «Se ti va...»

«Sí.» Ed è un sí che vuole tagliare dietro di sé lo strascico dei ripensamenti.

«Domani?» ti chiedo io, dubbioso di aver osato troppo.

«Okay.»

«Stessa ora e stesso posto.»

Annuisci timidamente, forse ponendoti mille domande, senza riuscire a rifiutare. Poi ti volti, i tuoi lunghi capelli castani si allungano in una piroetta.

E scappi via.

Sei un sogno.

* * *

Un giorno. Due giorni.

E ci ritroviamo complici a parlare di te, delle nostre vite, soprattutto della tua, che mi ha commosso, divertito, rubato l'attenzione come poche cose prima.

«Mi hai appassionato, Greta, sai?» esordisco incapace di trattenere tanta immensità nel cuore.

«Io?» Mi guardi incredula. I tuoi occhi blu scuro, quasi viola, sono quelli del cielo dopo la tempesta. E io mi ci perdo, oltre l'orizzonte visibile.

Sí, tu! vorrei urlarti, ma trattengo l'impeto. «Ti stupisce? Hai raccontato i fatti della tua vita con semplicità e dolcezza disarmante, senza mai eccedere, mi hai reso partecipe di drammi e gioie. Ho sofferto, riso, mi sono arrabbiato per te.»

«Non avrei mai pensato che il mio diario sarebbe stato letto da qualcuno. Erano solo pensieri...»

Se solo potessi spiegarti che cosa hanno rappresentato per me quelli che tu definisci semplici pensieri... Ma non posso.

«C'è qualcosa che vorrei chiederti» inizio timidamente in attesa di un tuo cenno per proseguire.

Abbassi gli occhi: forse sai già cosa voglio domandarti e non vuoi.

Alzi lo sguardo. Sembri speranzosa di esserti sbagliata. Non oso andare fino in fondo, cosí chiedo la prima cosa che mi viene in mente.

«Tu e Penny, siete ancora amiche?»

«Grazie» Una parola sola, che mi apre il cuore e lo scalda. Hai capito e io ho capito che non sei pronta. Non ho piú fretta, ora che ti ho trovato.

«Grazie a te» rispondo per non lasciarti dubbi sulla nostra complicità.

«In un certo senso siamo ancora amiche» prosegui. «Penny non è cattiva, fino a che non mette gli occhi sul tuo ragazzo!»

Ci facciamo una bella risata. Non c'è tristezza nella tua voce. Forse cominci a dimenticare?

Camminiamo sul lungomare a Belem. Oggi il vento è dispettoso e gelido, quasi dovesse ripulire il mondo da tutte le impurità.

Poco distante da noi c'è un chioschetto che vende hot dog. Chissà se ti piacciono. Lo osserviamo, poi ci guardiamo. È un sí, e tu sei splendida.

«Ketchup e senape, grazie» ordini all'uomo del chioschetto.

«Anche per me, grazie» ti faccio eco io.

«Ho sempre detestato la maionese con i wurstel. Sulla patatine fritte è diverso, ci può anche stare, ma sui wurstel proprio no. Sai, in Germania usano solo senape e a volte ketchup, perché la tradizione...» La tua voce è come una ninna nanna dolce. Mi spieghi con dovizia di particolari la storia dei wurstel e sorrido.

Non sento tutte le tue parole, è qualcosa che ho già vissuto tra le pagine del tuo diario. Ma ora non ci sono Alberto o Daniele. Ci sono io.

Addento il mio hot dog e metà del suo contenuto semiliquido schizza fuori, andando a tatuare in perfetto stile pop-art la mia giacca a vento nera.

Scoppi a ridere. «Bravo! Se avessi preso la maionese la tua opera sarebbe stata piú apprezzabile, con un tocco di giallo!»

«Sei proprio simpatica!» rispondo divertito. «Sto morendo dalle risate!»

E in quel momento nemmeno tu riesci a trattenere l'impeto delle salse che si sparpagliano in modo poco elegante agli angoli della tua bocca.

«A forza di prendere in giro gli altri finisci con il perdere il controllo del tuo wurstel» ribatto sarcastico.

Mangiamo il miglior hot dog della Terra e ridiamo per un tempo che mi sembra magicamente infinito.

Ma comincia a fare buio. Le luci dei lampioni e i fari delle macchine che sfrecciano veloci ci riportano ai ritmi reali.

«Posso accompagnarti a casa? È tardi» ti propongo sperando in un sí. «E poi adoro prendere il tram!» concludo per rassicurarti sulle mie ottime intenzioni.

«Grazie.»

Mi porgi un biglietto che avevi nella tasca.

Il viaggio verso Parede è lento, senza parole, quasi avessimo affidato al silenzio il compito di consacrare la giornata alla memoria.

Le vie del quartiere sono quasi deserte. Un uomo porta a passeggio il suo cane e scompare inghiottito dal buio oltre alla siepe. Il cuore mi batte nel petto cosí forte che temo si senta il ritmo del suo toc.

Siamo davanti al cancello della tua nuova casa, incapaci di salutarci.

«È stata una giornata meravigliosa » rompo gli indugi.

«Anch'io sono stata molto bene.»

Mi avvicino a te, lentamente.

«Ho persino dimenticato che abbiamo dieci anni di differenza!» dici tutto d'un fiato per proteggerti. E ci riesci.

Mi blocco, pietrificato. Sto correndo troppo. E non dovrei correre affatto.

Ti avvicini tu e mi baci sulla guancia con tutta l'innocente dolcezza dei tuoi sedici anni. È una freccia al cuore, che non sanguina, ma gioisce, perché sente ancora.

Non contraccambio, il tuo bacio basta per entrambi.

Mi saluti fino a quando è possibile salutarmi. E io rimango immobile, allungato nella mia ombra, che mi sembra l'unica cosa grande che posso offrirti.

24

Sardine

È sabato, mancano due giorni alla mia partenza, o presunta tale. La mattinata è fresca e splendida e mi accoglie con canti di gabbiani nel cielo e profumo di paste alla crema per le strade. Respiro e pieni polmoni e mi sento leggero.

Accendo il telefonino e comincio a scrivere. A te.

Passeggiata in spiaggia e sardine?

Forse è troppo sfrontato? Il dito preme sul tasto dell'invio e pone fine ai dubbi.

Tu mi rispondi poco dopo e mi dai appuntamento nella Baixa davanti a un negozio di scatolette. Rimango un po' perplesso dalla scelta, ma quando raggiungo il posto capisco perché lí. Tu non fai mai nulla per caso.

«Si tratta del negozio di pesce in scatola piú antico della città» mi spieghi quando arrivi con la precisione che ti contraddistingue.

Sbircio all'interno incuriosito.

«Entriamo!» mi esorti.

L'interno è quanto meno sorprendente: pareti rivestite fino al soffitto di scatolette di latta di tutte le dimensioni e forme. Due vecchiette, in un angolo della stanza, le avvolgono con cura antica nelle rispettive carte, sulle quali sorridenti signore anni Cinquanta invitano ad assaggiarne il gustoso contenuto.

«È fantastico. Da noi non esistono piú negozi di questo tipo» osservo sbalordito.

«Sapevo che ti sarebbe piaciuto. Ti consiglio il tonno, le acciughe e il polpo. Il tutto in olio piccante» mi suggerisci da vera esperta.

«Adoro il piccante!» esclamo felice.

A volte mi sento io il sedicenne.

Camminiamo fianco a fianco ed esploriamo la città. Ci fermiamo sotto un pergolato che sfida l'autunno e pranziamo fuori, incuranti delle stagioni e di tutto ciò che abbiamo intorno.

«Per fortuna qui si può mangiare un pesce che non sia baccalà!» scherzo, indicando le sardine sul menú.

«Anche le sardine sono molto diffuse. Mi hanno detto che a giugno tutta Lisbona è in fermento per la festa di Sant'Antonio e si cucinano sardine alla griglia ovunque, anche per strada» mi racconti con gli occhi che ti brillano. Ti capita sempre quando parli di qualcosa che ti piace. È bello scoprirti. Le pagine del diario su questo non potevano renderti giustizia.

Ti faccio assaggiare il Vinho Verde. Poco, perché hai pur sempre sedici anni.

E poi, alla fine, me ne parli.

«Per quanto mi riguarda non esiste piú. Alberto, intendo» dici senza troppi giri di parole.

La tua affermazione mi lascia muto, incapace di ribattere.

L'arrivo del cameriere con le nostre ordinazioni ci riporta sotto il pergolato, ci ricorda chi siamo. Per un attimo eravamo tornati sull'isola, in quella cala selvaggia e splendida.

Non ti faccio altre domande. Capisco che hai detto ciò che potevi, oltre non sarebbe giusto andare.

Ti parlo di me. «Anch'io ho sofferto molto a causa di una persona.»
«Cos'è successo?» mi chiedi rasserenata.
«Mi ha lasciato.»
«Stavate insieme da molto?»
«Dieci anni.»

Tanti quanti gli anni che ci separano.
I tuoi occhi sono sufficienti a farmi capire: ora ti è chiara la coincidenza. Ora sai che cosa vedo, oltre a te. Vedo il mio passato felice. Vedo il primo momento in cui mi sono innamorato di lei. E so che la cosa potrebbe ferirti.
Ma non voglio nasconderti niente, cosí come hai fatto tu con il tuo diario. Se me lo domandi, ti racconterò anche come è finita.
Non me lo domandi.
E ricominciamo a esplorare.

Domenica: la partenza è sempre piú vicina. Tu non lo sei mai stata tanto.
Ritorniamo a Belem: il mare luccica sotto la torre, il tempo sembra immobile. Ho quasi paura a respirare. La grande cartina del mondo che si può vedere solo dall'alto è punteggiata da minuscoli passanti. Il vento ci scompiglia i capelli e mi sussurra impaziente mille domande, che non oso porti. So che non posso sperare, so che questo è un addio, un addio indimenticabile.
«Non vuoi sapere della pagina?» mi chiedi all'improvviso.
Ti guardo e riesco solo a pensare al diario, all'Elba, a te.
Intorno a noi il vento turbina tra i volti di pietra bianca dei grandi esploratori del mare.
Poi ritorno in me. «Se l'hai strappata avrai avuto i tuoi buoni motivi. Prima di venire qui ero deciso a conoscere la verità...» lascio la frase sospesa.
«E poi?» mi domandi impaziente.
«E poi ti ho conosciuto. Volevo chiederti il permesso di

pubblicare quanto ho ricopiato e dare una conclusione alla storia, ma ora non ha piú importanza.»

«Sí che ne ha» ribatti convinta. «Sei uno scrittore.»

La tua fiducia, il tuo sorriso rassicurante mi donano nuova forza. Sei unica, Greta.

Ti abbraccio per la prima volta. Rimaniamo immobili, persi in quel noi che non dura piú di un istante, a domandarci come potrebbe essere ciò che non sarà mai. Ma ci accontentiamo.

Stai tremando.

Ci salutiamo ai piedi della torre. Non vuoi che ti riaccompagni.

«Allora, ciao» sussurri con un filo di voce.

La sicurezza di poco fa ha lasciato il posto a una timida nostalgia.

«Anch'io» ti dico.

Mi sorridi, mi capisci.

Con infinita lentezza mi muovo verso di te, il cuore gonfio di tante emozioni, il tuo viso talmente vicino da confondersi con il mio. Sento le labbra fremere, attratte magneticamente dalle tue, commoventi nella loro infinita dolcezza. Le sfioro in un soffio, per non turbarne la purezza.

Tu rimani lí, con gli occhi socchiusi e il cuore aperto, mentre ti accarezzo una guancia, i capelli, la spalla e poi giú lungo il braccio, fino a raggiungere la tua mano, gelida. La stringo forte, tu apri gli occhi, ti liberi dalla presa e mi getti le braccia al collo.

Mi dai un bacio improvviso, veloce e un po' bambino. Poi ti volti e corri via, prima che io possa reagire.

Non provo a fermarti.

25

Il delfino

Il momento è arrivato.

L'istinto di chiamarti è forte, ma mi impongo di non farlo. Ho trascorso la notte insonne a pensare come potessi riempire il cartoncino azzurro che ho comprato ieri, senza scadere nel banale. Alla fine ti scrivo solo poche righe, nelle quali ho cercato di racchiudere l'infinito bene di questi giorni spensierati. Scendo a far colazione ed esco in strada. Lisbona si sta apparecchiando per la giornata.

Monto sul tram, destinazione Parede. Tu sei a scuola, per fortuna.

Raggiungo il cancello verde di casa tua, la buca delle lettere che come una piccola cassaforte custodirà i miei pensieri fino al tuo ritorno. Un delfino di metallo spicca un salto dal coperchio della cassetta.

Carino, non l'avevo mai notato, penso.

È per te:

Mia cara Greta,
la vita è un'eterna partenza. Ormai l'ho imparato bene. I giorni trascorsi insieme sono perle sul filo della memoria. Grazie.

Tuo

p.s. Attenderò quell'ultima pagina.
p.p.s. In fondo, anche tu stai leggendo 'un po' di me'. Sí, ho scritto io il libro che avevi tra le mani il primo giorno al bar di Pessoa.

Stringo la busta ancora un istante, l'appoggio sul cuore, prima di lasciarla scivolare nella fessura metallica. Mi guardo intorno e sento tutto il passato della città vorticare nel vento di quest'ultimo giorno. Lisbona, città di mare, di partenze eroiche senza ritorno!

Ritorno alla pensione, con una strana sensazione, come di quiete. Salgo in camera e prendo i bagagli. Scendo a pagare e la signora della pensione mi dice: «Le lascio la camera ancora per un giorno?»

«No, grazie» le rispondo, con il cuore pieno di arcobaleni. «Questa volta non torno.»

«Sicuro?»

«Sicuro.»

Conosco già la strada. Passo un'ultima volta a salutare Pessoa e gli restituisco i suoi versi.

Amo tutto ciò che è stato
tutto quello che non è piú.
il dolore che ormai non mi duole,
l'antica e erronea fede,
l'ieri che ha lasciato dolore,
quello che ha lasciato allegria
solo perché è stato, è volato
e oggi è già un altro giorno.

Mi sento come Rossella O'Hara, ma non c'è alcuna nebbia intorno a me. Non è la fine del film.

Osservo ancora una volta il tuo tavolino e saluto il barista, che mi riconosce. Abbandono la città senza lasciare traccia.

Scrivo queste pagine in aereo, aspettando di atterrare a Roma. Poi apro la porta di casa e, come sempre, salgo per

le scale evitando la gabbia dell'ascensore. Cerco il telefono e compongo il numero del mio editore.
«Ho una storia» le dico.

Alcuni mesi piú tardi, sul prato sconfinato di una collina, un foglio di carta vola veloce sull'erba spettinata dal vento. Una ragazza è voltata di spalle, lo sguardo perso verso la grande vallata ai suoi piedi. Nella mano destra impugna stretta una penna. Poi l'appoggia delicatamente a terra, si alza, lancia un'occhiata fugace e se ne va, sorridendo, a quell'ultima pagina:

Ero barca
che la tempesta ha portato alla deriva
Sulla spiaggia del tuo paradiso
Ma siamo nati
pesci volanti

Greta

Fine

Pesci volanti è una storia di fantasia. Ogni riferimento a nomi, persone, luoghi o eventi realmente accaduti è completamente casuale.

Scopri gli altri romanzi della collana

TEENS

Libri che vanno dritti al cuore

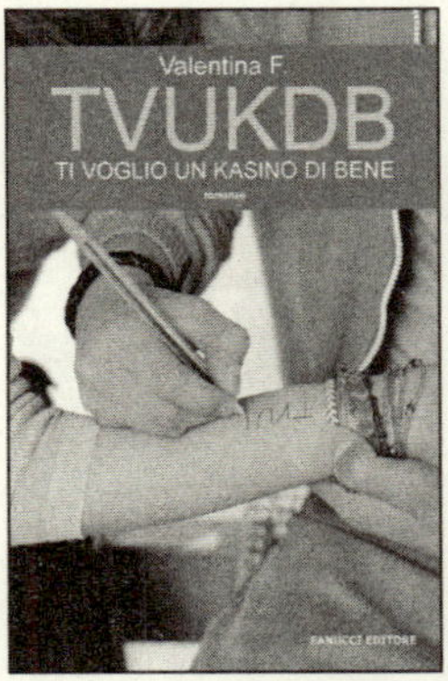

In libreria

FANUCCI EDITORE

Visita il sito ragazzi.fanucci.it

Stampato nello stabilimento grafico
«Legatoria del Sud» di Ariccia (RM)
nel mese di giugno 2007